以此献给我的母亲与父亲，是他们孕育了我——这样一个人

反思生活

REFLECTION ON LIFE

陈凡隐——著

北京理工大学出版社
BEIJING INSTITUTE OF TECHNOLOGY PRESS

图书在版编目（CIP）数据

反思生活 / 陈凡隐著．—北京：北京理工大学出版社，2019.3
ISBN 978－7－5682－6796－0

Ⅰ．①反… Ⅱ．①陈… Ⅲ．①散文集－中国－当代 Ⅳ．① I267

中国版本图书馆 CIP 数据核字（2019）第 035720 号

出版发行 / 北京理工大学出版社有限责任公司
社　　址 / 北京市海淀区中关村南大街 5 号
邮　　编 / 100081
电　　话 /（010）68914775（总编室）
（010）82562903（教材售后服务热线）
（010）68948351（其他图书服务热线）
网　　址 / http://www.bitpress.com.cn
经　　销 / 全国新华书店
印　　刷 / 三河市华骏印务包装有限公司
开　　本 / 880 毫米 × 1230 毫米　1/32
印　　张 / 8.75
字　　数 / 192 千字
版　　次 / 2019 年 3 月第 1 版　2019 年 3 月第 1 次印刷
定　　价 / 58.00 元

责任编辑 / 王晓莉
文案编辑 / 王晓莉
责任校对 / 周瑞红
责任印制 / 施胜娟

序

反思生活可以有无数个维度，本书是一个引子，并不是包罗万象的百科全书。读者通过阅读本书不但能够发现自我，而且能发现背后更广阔的世界，找到解决现实问题的可能性。我更希望这本书传递的是一种这个社会所缺乏的独立思考、一种观察、一种生活情趣，还有就是让人从浮躁的生活中真正沉静下来的力量。本书需要你安静下来才能阅读，因为只有让心真正沉下来，你才能领略其中的价值。

本书无须从头读到尾，可以随意翻阅，犹如游牧部落可自由迁徙，随心所欲。你的思维不必拘泥于一方，而是要发散式地任意扩张，没有规律地肆意游动。生命充满偶然性并且是如此来之不易，我左思右想，无论什么样的人都需要做一些有意义的事，哪怕仅仅是对自己有意义。我始终认为人不能不明不白地活在这世上，明白一些事理、参透一些道理，比什么都有趣，比什么都重要。生命何其短暂，人一辈子其实只需要做成一件事便足矣，做成它便体现出了我生命的意义和价值。

反思生活

对于本书的诞生，我想一切都是孤独在内心盛开出的花朵，这朵花不一定是美丽的，但一定是奇异的。我们这个世界从不缺乏美丽的东西，稀缺的是独特奇异之物。但愿《反思生活》这本书是对所有人的一剂良药。我渴望带给他人正能量，但似乎悲剧更接近于这个世界的本质，人的强大在于知晓了这个世界的真相之后依然能够微笑着活下去。

可以预见到，反思性正在不可逆地离我们越来越远，随着反思性的消逝，我们人类也在一步步地走向危险的境地。我相信这种反思不但是我个人的，也是整个时代的，更是所有人的，只要人类没有灭绝，这种反思就会一直延续下去，并帮助我们生存下来，拯救我们于危难之中。

目录

CONTENTS

网络与游戏

人类不需要反思，只需要游戏过活。

人一旦沉浸在游戏当中，也就成了游戏的一部分。人类不是生来就如此堕落地活着，对一切视而不见。而网络游戏的出现，只是让我们如今的生活换了一种方式罢了。

我知道一旦有了网络，哪怕是一点点，自己就会无止境地上网，一个网页被反复打开又关闭，就像这个世界没有尽头。

人类还在不断地工作，只是曾经的工作变成了现在的游戏，却付出了比以往更多的时间与精力，每个人都在游戏——扮演着自己，游戏着自己的人生。

他打游戏的姿势依然没有变，或许从未改变过，每天如此。其实我一直很佩服他，因为他能持之以恒地做一件事，数年如一日，只不过他做的是玩游戏，但同样令人敬佩。

人类进入现代社会，这是一个失感的社会，日趋麻木的心灵渐渐凋谢、枯萎、干涸。若没有了感觉与冲动，人便不像人，反而更像台机器，因为我们每天就待在机器面前。我们共同在游戏之中堕落，一同体味着游戏带给我们的快感与激情，活着犹如死去，就这样醉生梦死。

他这一辈子仿佛就没离开过他的那张床，因为他的身旁总是有一台电脑陪伴左右，通过网络仿佛打开了一扇虚妄之门。

在游戏之中我开始变得纯粹，不会再胡思乱想，游戏可以使人变聪明，也可以使人变愚钝。网络究竟是否存在自由选择？其实我们并没有多少自由的余地，始终被舆论传媒牵着鼻子走，这是一种被迫的自由。

在现代社会中，游戏的乐趣是持续性的、令人沉醉的，仿佛一旦离开了它生活就会瞬间变成一张白纸，空空如也。生活是如此凌乱，就像从未整理过的床单依旧覆盖在床铺上，技术与网络的出现完全改变了人类的生活以及未来。

一切都需要适可而止，尤其是在对待上网的问题上。网络原本就是一个无底洞，从风靡网络的聊天表情上可以看出，人类的表情丰富程度远远胜过言语，有时千言万语却抵不过一个再普通不过的表情。

原来自己在生活中拼命寻找的只是一个游戏而已——能够供我持久玩乐而不会感到厌倦的游戏，它就像一朵致命的罂粟花——艳丽而刺眼，只可惜就像没有不死之身一样，根本不存在这样的游戏。如果有这样的游戏，又有多少人会一辈子执迷到死？这样的生活多好呀！好似天堂一般，却不是人类所要过的生活，看似天堂的东西往往就是地狱的隐现。

没有对比就没有伤害，不得不接受这样一个事实：在虚拟游戏中，他近乎是一个完美的赢家；但在现实生活中，他却是一个彻头彻尾的输家。

一旦进入网络，你的身体将不再属于你自己。网络游戏公司虽然说要防沉迷，但其实所做的一切东西都迫使人沉迷进去。现代人已没有“闲暇”，所有“闲暇”都已被电子产品占据，除非你真的下定决心远离现代生活。但这几乎是不可能的，因为从小我们就与电子产品绑在了一起，离开它我们便无法生活。

他像一具尸体一样斜躺在椅子上，软弱无力的身体几乎无法动弹，对面就是一台永远开着的电脑，只有鼠标上匍匐着的手指仍不由自主地点击着，仿佛永远都没有休止的样子。

现在的人喜欢整天宅在家里，坐在沙发上对着电脑（手机）一个劲地傻笑不停，这就是他们娱乐活动的全部。

人在电脑面前就是不让自己思考。

人深陷在游戏之中，游戏就是一切，从某种意义上来讲，它是所有空虚的终点，因此每当无聊时我们都会第一时间想到它。

一部手机、一台电脑就可以让人随心所欲地生活，这是在过去根本无法想象的，它让我们得到许多，却让我们失去更多。游戏其实只是生活的一部分，但对于有些人来说它却被当作生活的全部。

现代社会死读书只会让自己的心灵越来越闭塞，时代已然不同了，我们不能再像康德那样，一味地仰望头顶上的星空与心中的道德律了。世界不再是一成不变的，互联网时代无时无刻不在发生着变化。

互联网是一个开放式的平台，在互联网上每一个人都是陌生人，相比熟人，陌生反而更容易使人亲近，人们可以将自己毫不避讳地袒露在陌生人面前，甚至包括自己的肉体与灵魂。信息爆炸的时代，互联网使信息的传递越来越便捷，却也使人们对信息的甄别越来越困难，我们各自都被湮没于海量的信息之中。

断了网络仿佛就断了我们与世界之间的联系，早已习惯了的人们突然间变得很不适应。

我从不排斥游戏，自己也经常玩游戏，游戏已是我们这个世界不可抗拒的生活方式之一。

在信息爆炸的时代，我们再也无法专注于单纯地搜集信息、筛选信息，因为在此过程中你就会发觉生命的有限，自身的精力已远远不够用，用有限对抗无限仿佛是在以卵击石。

游戏可以构造一个以满足人类欲望为目的的潜意识世界，我能受得了，可我的手机能受得了吗？

虚拟永远是现实的一部分，它曾经发生过或即将发生。互联网将人类曾经最隐秘的事情放大传播出去，不断满足人们的窥视欲。

我不喜欢在互联网上发表什么作品，因为再好的东西也会被湮没在浩瀚无际的网络之中，绝大多数人是无法去甄别好坏与真假的，只是单纯地消费与被消费、娱乐与被娱乐。

其实网购真是一件劳心费力的事，眼看着时间在无意义中被耗尽，在无止境的比价与凑单当中我们究竟获得了什么？买了许多不需要的东西，仿佛一切都是个圈套，刚做了一道十分难解的数学题，真的不想再过第二次这样的“双十一”。

原本游戏是娱乐自我的工具，可如今它却成了目的而非手段。在空虚、单调、乏味的生活中，人们为什么会疯狂迷恋上某种虚幻的东西？因为人似乎在其中找到了某种心灵上的寄托，看似找到，其实不然。

游戏的诱惑力源自人心。

他戒不了游戏，并且疯狂地迷恋上游戏，是因为人完全被自我的空虚感支配，人是逃避不了这种空虚的。

我不断在游戏，并游戏着自己。

这个游戏我玩了又玩，不知耗费了多少光阴，但我依然不会停止，不是这个游戏有多好玩，而是这个世界有多虚无。网络时代技术工具的不断革新给人们带来了极大的便利，特别是欲望上的满足，这在人类历史上也是前所未有的。

游戏是一个人必须经历的过程，没有了游戏，他怕自己会失眠，有了游戏，他怕自己会长睡不醒。

我感受到一种普遍的价值失落，觉得游戏没什么意思，却还在玩，因为它至少能让我感受到一丝乐趣与快感。

所有事物都成了娱乐的附庸，笑一笑就好，何必去思考，那么累干吗！

现在做事的标准变了，不是哪件事更有意义，而是哪件事更有趣，于是我们不再读书而选择游戏，显然游戏更有趣一些。

整个人都沉浸在了游戏之中，脑海里反反复复都是关于游戏的幻想，我不能使自己不去想它，我再也看不进任何书了，完全沉浸在了对这种快感的回忆之中，忘了该怎么去生活，就这样不知疲倦地想着，直到最后睡去。

那些日子里，我感觉生活离开了游戏就会变得索然无味，独自走在无人的街头我又是在追寻着什么呢？

由于现实生活的无力，人便对游戏产生了依赖性，游戏是一种精神鸦片，通过它可以使人逃避现实，成为自我神经的麻醉剂。一个游戏结束了，并不意味着游戏本身的结束，因为另一个游戏又开始了。游戏本无止境，我知道会有这么一个结果，人在空虚的时候任何游戏都会显得很有乐趣。

假如有一天游戏真的离开了我们，我们的生活不知会变成什么样。游戏是我们生活的全部，没有了游戏也就没有了生活，游戏掩盖了生活，使我们无法直面生活，因此宁愿接受生活善意的欺骗，通过不断玩游戏来麻痹自己。

谁说游戏一定是虚幻的？随着 AR 与 VR 技术的发展，游戏已经成为现实不可分割的一部分，甚至它可以独立于人类而存在，这个世界有随时失去意义的危险。

我知道自己为什么如此痴迷于*EVA*（一部动漫作品的名字）了，因为我在自己身上看到了碇真嗣的影子，不！是我们每个人身上都有碇真嗣的影子！

是生活使我们渐渐丧失了反思的能力，没有反思的日子如同行尸走肉，可我们又无可奈何，只能用游戏消磨麻痹着自己，只是想让时间快点过去，并在游戏中感受着瞬间的快乐，即使明知是毫无意义的快乐。

在电脑与手机面前总感觉自己什么都做不出，什么也想不起来，我的灵魂仿佛遇到了一块极其强力的吸铁石，将你牢牢地吸附在上面。

有时我会厌恶生活在这个信息充斥的时代，信息让我的脑子片刻都没有停歇。有的时候是别无选择，我们可以习惯性地抱着电脑、手机过上一天，生活对于我们来说，其早已失去了意义。我们就像吸食毒品一样，不断吸食着游戏带来的快感，一瞬间的快感会令人兴奋异常，感觉是游戏让我们继续活了下去。

当手机开启的时候，我会不由自主地想去靠近它；面对开启的电脑屏幕，我不知道自己究竟该做什么。游戏占据了整个空间，直到我从梦里游回来的时候才发觉已是深夜。

时间是伤口的良药，游戏是时间的良药。现代社会，游戏是我们杀死时间最好的手段，已经取代了以往的各种话语。

手机与电脑可以消解我们的虚无，但也让我们变得更加无所适从。游戏到忘乎所以的境界，可谓已经入迷很深了，我究竟和谁在游戏？人原本是对着机器，与机器游戏，由于网络的存在，我是在和许多人一块游戏还是纯属自娱自乐？

网络时代使离群索居多了另一种可能，人似乎已经可以完全脱离社会而活着。面对没有灵魂的电脑，我感觉到了赤裸裸的空虚。游离于虚无缥缈的网络世界，海量的信息流如同潮水般将你淹没，在你来不及做出任何反应之前，人已经变成了阅读信息的机器。信息在网络中以其最迅捷的方式传播，可网络中的信息所构建的世界并非都是真实的世界，而是经过虚拟化处理的世界，人们却误以为是真实的，并以此取代真实世界，这是一种极其危险的举动。而今最现代化的工具——电脑，揭示了人这一最深刻的本质，这不得不说是一种极大的讽刺。

习惯于生活在网络世界中的人，一旦遭到断网便会急得像热锅上的蚂蚁，表现出诸多不适应的症状。观察他们的生活是一件很有意思的事，对于他们来说，其没有了网络就仿佛失去了整个世界。

现代人对网络的依赖程度已经到了无以复加的地步，如果断了网他们将无法生活。在现代社会中网络已经替代了人本身，并逐渐成为生活的全部。

我沉浸在关于游戏的幻想之中，好像这种幻想永无止境。游戏本身是虚拟的，可我却信以为真，耽于幻想，始终走不出来，开始分不清现实与幻想、真与假的界限。此时的我已完全成了另一个人，这种幻想仿佛如影随形，已经成了附加在我身上永远摆脱不了的魔咒。

游戏像一种麻醉剂，可以轻易麻醉人的神经，使人许久缓不过神来。游戏就像一个命题：游戏是无意义的，可我们依然在游戏，或者说正是因为无意义我们才游戏。

现在的人动不动就会习惯性地随手拨弄一下自己的手机，生怕与这个世界失去联系，成为一个“寂寞”的人。

他正拿着手机打发着剩余的时光。

如今使我们摆脱无聊，排解空虚最有效、廉价、便捷的方式就是上网与游戏。图书馆与自习室里许多人都在开着不同程度的小差，各自玩着手机、打着游戏，相比外面世界的巨大诱惑，这里的吸引力是多么地微不足道。

人们宁愿在铺天盖地的垃圾信息里耗费着时间，也不愿静下心来多学点真正有用的知识。早晨起床第一件事不是别的，而是打开手机了解这个世界所发生的事，试图与这个世界保持某种关联，这已成为一种习惯。

信息是快了，人却慢了，没了手机仿佛失去了与这个世界的联系，这种孤独是网络时代的孤独。我们不再在意文字的表述，转而痴迷于视觉的冲击。

大人们在一旁刷着手机，孩子们在另一旁写着作业，时不时调皮地探头张望，好奇大人们的手机里究竟有什么游戏。

如同人生一样在苦痛与挣扎中轮回，在游戏中这是一个无休止的循环——输多了想赢一次，赢了还想再赢，这就是人性。

游戏是我们每个人必须去经历的事情，在人生的某个时间段，不断深入其中，试图窥探出游戏的本质，可惜我又失败了，一次又一次无可自拔地沉溺其中——游戏成了生活中无法抗拒的诱惑。

游戏总会莫须有地弄些任务让你去完成，并且每天会不断更新着任务，可生活不会。

日本的动漫产业确实领跑全世界，无论是编剧水平、制作水平，还是其背后引申出的意义，都是行业翘楚。

我与她由于身处不同的游戏世界而变得更加不同。

不会上瘾的游戏不是好游戏，它会千方百计地迫使你不间断地投入，直到天昏地暗方才罢休。在游戏中经常会显现出人性丑陋的一面，我看见他们在输赢中不断发泄着自己的凶恶与野蛮，其实什么也得不到，就是比你多了一口气的快感。

我们的生活离不开游戏，无论是在虚拟世界中还是现实世界中，生活——游戏的观念深深根植于我们的身体。当你在游戏之中玩出了虚无，并感觉到了无意义，它也便走到了终点。

每隔一段时间翻看一下手机，看一看这个世界的变化，使自己与这个世界时刻保持着某种程度的关联。

在游戏中这个世界仿佛就不曾停止，无论你是什么样的人，只要你生活在这个时代，总会花费许多时间在游戏上。

在无尽的游戏中他并没有寻找到所谓的快乐，相反游戏带给他的是挥之不去的痛苦，那是这个世界的空虚结出的苦果。

游戏的初衷就是为了使人能够上瘾，游戏的制作者必须洞悉人的心理，一种使人尽可能上瘾的心理。

闲下来没事就刷着手机屏幕，直到忘乎所以，就如同我的生活——盲目而没有意义。拼命把玩着手机，就像一头如饥似渴的饿狼，感觉整个人已被手机屏幕吞噬。

对着电脑（手机）屏幕我的反思仿佛戛然而止，打开手机屏幕，拼命想寻找些新鲜事儿，他却把旧新闻翻了又翻。

游戏是我们共同的精神避风港，我们把它当作逃避现实的最佳工具。如果你所着迷的游戏突然间消失了，那么你的生活会瞬间变得无所适从吗？幸运的是现实中的我们还能将注意力转向另一个游戏。

手机的作用在于总不想让自己闲下来，片刻不得停歇。

阅读大数据推送的电子文本比原本的纸质文本似乎更加具有吸引力，因为纸质文本是需要依靠自身力量去探索的，电子文本使我们不假思索。

因为空虚而刷屏，只会越刷越空虚；因为寂寞而点赞，只会越点越寂寞。这个世界谁来与我做伴，证明我并不孤单。

我们习惯于看短视频，傻傻地笑，阅读对我们来说太累了，何况还要思考，显然看短视频比读书轻松多了，那是最轻易就能获得的快乐。

人完全生活在大数据编织的意义世界里是一件十分恐怖的事，大数据可以使人走向天堂，也可以使人奔向地狱。大数据是人类创造的，它使我们更加便捷地接触到自己想要的信息，也接触到了许多根本没有用的信息，人经历了从最初有意识到彻底无意识的过程。

在手机里无尽地刷屏，试图把空虚全部填满，使自己得到某种程度上的解脱，殊不知虚无只会更加虚无，这是每一个人的困境。从没有一样东西能够吸引人类广泛而持久的兴趣，自从游戏诞生以后，这种东西就出现了。

现代人对生活麻木，对爱情无感，除了自顾自游戏，对什么都提不起任何兴趣。游戏已是这个时代不可或缺的必需品，甚至于超过对食物、睡眠与性的需求。

隔着电脑屏幕两眼开始发白，这个世界空虚到已经没有东西可以再去填充了，我不知道该去做些什么，才能真正消解这种难熬的空虚，游戏只会让空虚更空虚。靠游戏过活的人，生活一旦失去了游戏，留下的将是无尽的空虚。

别忘了游戏本身也是一种零和游戏。

人们幻想着拥有一部永远都不用充电、无限流量的超级手机，这样他们就不会觉得这个世界有多么虚无。无论你喜爱还是讨厌它，游戏本是这个世界不可或缺的一部分。

游戏不是纯粹的逃避，是人赤裸裸地面对自身的虚无，并且进行默认的举动。手机是人们逃避虚无的利器，看的时间长了反觉得更虚无了，因为那个世界本与你无关。

游戏原本是一种模拟工具，如今却成了现实当中的一部分，由于游戏与工作的占据，人类的生活空间将变得越来越狭小。游戏结束了，一天也结束了。

他们有时间来游戏，却没有时间来做自己。

人类的信息会发展到这样一种程度，到达一个临界点，信息已经可以供人一辈子阅读，还绰绰有余，人们不再执迷于原创，因为复制、粘贴来得更简单、更有效率。

没有游戏的世界对于人类来说是无法想象的，人们几乎很难度过这样漫长的一生，如同没有了手机就不知道该如何生活一样。

游戏一直有一种使人陷进去的力量，当习惯了游戏的生活后，一旦失去游戏就仿佛整个世界都失去了意义。

“不要整天捧着手机刷屏”，他在说别人的时候其实也在说自己。

游戏是游戏，生活是生活，我很乐意看到孩子们一边玩着游戏一边阅读着那些伟大的著作，并不会感到荒谬，这就是生活。

在游戏中我又陷入空的境界——自我的空洞、他人的空洞、游戏本身的空洞。

他厌倦了游戏就不知该如何生活了。

精神与疾病

我的身体是我最无法抗拒的东西，与我最紧密关联。

失眠一直是困扰他许久的问题，因为他的身体总是不由自主，他始终无法控制自己脆弱的神经，翻来覆去，失眠最终还是击败了他。

人永远是大自然中最精密的构造，无论身体上哪一处疾病，即便是最微小的疼痛，也会要人命，人的生命是脆弱的。

生性敏感的人注定是软弱的。

从日常生活的观察中可以看得出，他确实患有轻度的神经官能症，跟健康人相比，他确实有许多“不健康”的地方，其实从小到大他一直在与这种疾病做斗争，又或许那根本不是病，而完全是出于社会压力的结果。为了治疗，他开始独自潜心钻研哲学、心理学以及医学类方面的书籍，希望能在其中寻找到破解之法，并逐渐得道。实际上在自我缓解的过程中，他感觉已经比以前好了许多，过去整夜整夜地失眠，真的好可怕，这使其精神几乎不堪重负，处于崩溃的边缘。如今他还需要自我改善，包括睡眠、饮食、生活习惯等，并学会自我的精神调节。他不会刻意强迫自己，只是想要做回自己——真正的自己。他不想再被压得喘不过气，希望去自由呼吸大自然给予的清新空气。

如果这个世界始终是苍白与无力，那么自暴自弃将很可能是最终的结局。

像他这种敏感体质到哪儿都敏感，只是表现出来的症状不同罢了。小时候他对自己的身体一直很疑惑，如今看来都只是敏感在作怪罢了。

他深知自己失眠多梦、入睡困难与神经衰弱有关，如果没有得到实质性的缓解，他的身体将始终处于亚健康状态。

人是一种很奇特的动物，只要心中的一些忧虑放不下，就会茶不思饭不想。

每一个精神病人都有一套属于自己的世界观，他始终沉浸在其中，并且能够自圆其说。直到有一天，他的世界观由于某种致命的缺陷而变得十分脆弱，他将陷入不可自拔的痛苦之中。违背自己的世界观，就是在背叛自己，于是更凶猛的疯狂开始了。

从某种程度上来说，一个人心理上的疾病是无法根治的，因此随时有爆发的可能。当焦虑成为一种常态，那也就不能称为焦虑了。

如果你想保持清醒，就必须先学会如何入睡。

人的身体是脆弱的，不能生病，哪怕是一些小毛病，都会令人觉得浑身不舒服，甚至要人的命。

一个路人对我说，自己患有重度的忧郁症，问我他是不是眼神有问题，其实我并不这么觉得，便微微一笑，下意识地摇了摇头，实际上许多时候只是自己认为自己有病而已。

失眠的滋味真是不好受，在无止境的游戏里仿佛又陷入了无止境的困顿中，无序错乱的生活再次变得浑浑噩噩起来。

人在日常生活中有时会陷入癫狂，之后便会立马沉静下来，时间一久就会发现癫狂永远是短暂的，可癫狂留下的创伤，需要长久的沉寂才能得到真正的弥合。最令人痛苦的事莫过于失眠，彻夜的失眠意味着整整一天的精神萎靡，始终无法集中注意力，可能什么事都想去做，但结果什么事都做不出来。

真正的精神强者是绝不会误入歧途的。

何谓正常与非正常？是用我们常人的眼光做评判还是如何？我们常人做出的判断就一定是正确的吗？

有些人或多或少存在着“变态”的心理，看到有人被折磨，心里会很高兴，因而获得了快感。由于曾经被虐待过，如今他成了虐待狂。

那些伟大的人物几乎都是偏执狂，他们往往表面很光鲜，实则内心很孤独，只活在属于自己的世界里。

在极度焦虑中，他感受到每天都能安然入睡是一种莫大的幸福，失眠是一种不断刺痛着的煎熬。

抑郁与焦虑使他离世界的距离更近了，经过理性严密构建的是一个世界，直觉看到的却是另一个世界。

在兴奋与悸动之中我会感受到焦虑，在紧迫与刺激之中我会感受到焦虑，在痛苦与忧伤之中我会感受到焦虑，焦虑无时无刻不在伴随着我。

疾病是一步步累积的过程，生活也是一样，患病的感觉真的不好受，仿佛纯粹是在用药物维持着自己脆弱的生命。

我知道他的内心正害怕着什么，而这种恐惧已然在发生。

对于我们来说需要更多的是勇气，一次又一次徘徊在十字街头，把心中的压抑尽情释放。当我发觉自己无法改变这个现实的时候，我只能这样，这是我的软弱、这是我的反抗。在日常生活中，我越来越感觉不到灵魂的存在，原有的世界正在被一点一点肢解，我们所面临的是一次前所未有的精神危机。

即使一些极细微的变化也会导致神经的衰弱，过于敏感的神经又一次失眠了，经过了一个夜晚的煎熬迎来了白天的恍惚，感觉自己真的快崩溃了。

一个健康的人是无法体会一个经常患病的人的痛苦的，身体始终处于一种病态之中——治不好但也很难死的境地，除非对自己彻底绝望。

这个世界上总是存在一些疯子，他们经常做着与人类理性原则相悖的事，但人们不能因此断定他就是个疯子，他做事也有自己的原则——不同于理性的原则，人们无法理解他的所作所为，便称他为“疯子”。

他不是一个正常社会中的疯子，而是一个疯狂社会中的正常人。

似睡非睡、半梦半醒的状态是最令人苦恼的，但这种状态似乎更接近人的本身。事实上恐惧并没有发生，明知是由心理作用所引发的焦虑，却依然陷入极度的自我惶恐之中。

生性敏感的人，不仅有一颗敏感的心，注定还有一个敏感的身体，以及错综交织在体内脆弱的神经。他们对万事万物极其细微的变化都相当敏锐，是一群生活在尘世里的“猫”。

是整个世界在抖动，还是我脆弱易碎的神经不由自主地在颤动？这种感觉又一次突如其来。他已意识到自己的现状，却打心底不肯承认，想要逃避，因此竟开始变得有些歇斯底里起来，终于到达了一个临界点，再也无法抑制的情绪像决了堤一般迸发出来。

当一个人从思想的矛盾开始转变为生活的矛盾，表现在具体行为中时，说明这个人已经处在了极度危险的边缘。这种情况一旦持续下去，就会导致自我多重人格的分裂，单一的身体再也容不下两种截然相反的人格，精神分裂已是必然。

由于这种矛盾的存在，他隐约感觉到自己身上潜藏着一股奇异的力量，并切身感受到了这股力量的强大，它仿佛来源于另一个世界。由于没有足够与之匹配的智慧去开启，于是他陷入了前所未有的困惑之中。

上帝给他了一个无比矛盾的身体，却没有赐予他破解这种状况的天才般的头脑，于是他便成了常人眼中的“疯子”。现代社会意义上的精神病人，归根结底还是他的头脑驾驭不了他的身体。

失眠是人类潜意识剧烈活动表现出来的征兆，不能自制是人格分裂的主要表征之一。压抑在心里的情绪如果没有得到有效的释放，只能自我消化，那么某一种潜在的能量便会在此过程中聚集。

想念一个人越深，便越会使一个人患上强迫症与妄想症。

同性恋除了先天重要的因素以外，相信一部分人是出于在与异性交往过程中的受挫与不愉快的经历，而逐渐转变了性倾向，因为相较于异性，同性之间自然会显得更容易理解与相处。

任何精神病人都是可以理解的，这是精神分析的前提，不然精神分析将无法有效进行下去。当精神分析对待疯癫，理性对待非理性时，其衍生出的理解必然是理性的产物，否则，精神分析将不可能成为一门科学。人们公认的事实是不可能建立在非理性的基础之上的，非理性的方法总是可疑的、不可靠的、颇受争议的，但即便如此，非理性的存在依然可以给我们提供一个视角、一个看待世界的另一种方式。

在集体无意识下，自我与他人有着同样无意识的结构，只有在这种共通的结构中相互作用与影响才会成为可能。

在无意识的过程中，他突然意识到自己又干了一件傻事，然而这种意识并没有纠正他在无意识之中已经犯下的错误，他的身体又开始不由自主起来。

精神方面的疾病一般都是自我困扰的产物，由于某些极其微小的外因就有可能引发自身身体机能不可抑制的颤动，所以及时回归有序的生活是缓解症状的一剂良药。

感觉到自己脆弱的神经在清醒与困倦之间疾速摇摆，已不能自制，溃散的精神开始了恍惚。

集体无意识替代了自我意识，这是一种遗忘的过程，哪里有记忆，哪里就会有救赎。

每个人的身体里至少隐藏着两个自己。

麻木的脖子是他神经衰弱的表征，全身无力，一刻也不想动弹，大脑已是处于完全的停滞状态。他可以变得无比抑郁，仿佛整个世界都黑了一般，随时面临着自杀的危险。

如果你不想被他人的无意识操控，就请离开那里，来到这里，这样你才能恢复自我意识，真正地成为你自己。有的人为什么害怕独处？正是由于长时间生活在他人的无意识之下，并形成了习惯与依赖，以他人替代自我，并信以为真，当真实的自我突然冒出，显现在自己面前时，不能辨认，无法接受，甚至感到面目可憎。因此人们开始恐惧孤独，实际上恐惧的是面对真实的自我。

精神分析不但是一种心理治疗的工具，更是一种人对抗异化的手段。

他每天都在流血，为自己流血。

发呆，人为什么会发呆？是为了打发漫长无聊的闲暇时光，还是由于某些外在事物的影响而胡思乱想？发呆也是一种人在过度劳累之后必要的调整与休息、对当前所处世界的某种排斥、一种潜意识回归自我的需要。每当意识不在场时，人就被自己的潜意识主宰。

在发明镜子之前，人类从表面上是看不见清晰的自我的，对自我的认知只能停留于想象，而这种想象是在与他人的互动过程中逐渐形成的，映射出心灵自我。人们在与他人的交往中不断调整着自身，亦使自我变得更“美丽”，而这都是人的心灵趋善的结果。可当真正的镜子出现以后一切都好像变了，人们习惯在镜子中辨认自我，显然镜子里的自我从客观上更加真实，心灵自我根本站不住脚。

人从一开始不能适应，到主观上开始慢慢接受，最终认定镜子里的我就是真实的自我，完全以表象自我替代了原本的心灵自我。人们开始越来越注重自己的外表而忽视自己的心灵，以为表象自我就是真正的自我，并以此在现实中获益良多，整个社会随之形成了一股不可抗拒的风气，充斥着虚假与欺骗。人们不会觉得有任何自责，不以其为恶，反以其为荣，这就是小小的一枚镜子所引发的“革命”。

一场突如其来的身体上的疾病可以引发整个生活的危机，如今的我连同自己的整个生活都好似患上了重度的神经衰弱。

精神分析是一门很有意思的学问，通过对个案抽丝剥茧、细致入微的研究（时不时还带着一些形而上推理的性质），探究着每一个人内心的隐秘。

“我几乎是在与自身疾病不断抗争的过程中寻找到自己的生活之路的，与疾病不断抗争的过程也是不断重新认识自己的过程。”

德尔斐阿波罗神庙上镌刻的箴言至今仍散发着夺目的光辉。

由失眠引发的一系列活动是一种恶性循环的结果，这种恶性循环会使人再度陷入失眠。

是现代社会重新定义了精神病，造就了精神病人，并尝试医治好他们，这是典型的既害了他又救了他。

理性终将使人陷入疯狂。

这个世界的事实是被一帮疯子左右的，可能我知道得太多了。

我在想自己是不是太累了，渴望能够眯上眼，歇上一会儿，却怎么也睡不着，用焦虑这个词来形容太贴切了。那是一种对过去已发生的事的焦虑，是一种当下生活的自我焦虑，更是一种对未来不可知的焦虑，不管有钱没钱都焦虑。

现代人有多焦虑就有多容易失眠，其实我还好，但我也深处焦虑之中，我可以找个喜欢的女人去发泄心中的焦虑，焦虑也可以随时把我整个人瞬间压垮，我的倒下更是意味着整个家庭的倾覆，因此我决不能倒下。焦虑无时无刻不伴随着我，我试图使自己变得乐观，却始终掩饰不住自己曾经犯下的过错与失落，以及对未来的茫然与无措，试图寻找到某种确定性的东西，却深深地感到彷徨与不安。

我从未直面过如此真实的自己。面对焦虑，我感觉到了前所未有的危机，无论发生与否，我都要独自去面对。或许人生就是一场幻觉、一场梦，要用什么去编织，没得到时拼命想得到，当真正得到时却又感觉无所适从。得到与得不到，得不到与得到，或许年岁越久生活越发需要简单，唯有一切从凡从简才不会滋生人心焦虑的温床。

睡眠是人提高效率的最佳方法。身体一旦沾染上某种疾病，那么写作就停滞了，读书就停滞了，生活仿佛也停滞了，可时间永远都不会停滞。

治疗神经衰弱最好的方法就是从小在一个完全自然平和的环境下生长，可惜这样的地方根本不存在，被扭曲了的人最易染上神经衰弱。遵循自己的生活方式，尽可能保持自然状态，以缓解自己无比脆弱的神经。

自闭症的高发也与现代社会过度现代化密切相关，总有些人会无法适应快速变化的现代社会，却能够适应相对静止的古代社会。

人是被社会逼疯的，不符合当下社会潮流的都属于“有病”。

过去做什么事，总感觉背后有一双眼睛始终盯着自己，搞得神秘又紧张，如今感觉自己当初就好像患上了强迫症。

我又失眠了，失眠始终困扰着我，我把它称为间歇型失眠。只有完全沉浸在自我里面，我才能彻底摒弃神经衰弱所带给我的那种焦虑，如今我正视着自己的一切，已然无所畏惧。

我的思维永远是发散式的，可能原本毫不相干的东西，只要在我生命中闪现过，我就能把它们联系起来，靠机械性的回忆却始终无能为力。在生命中的某个时刻，这完全是依赖潜意识作用的结果。我相信直觉与潜意识对我有着决定性的作用。

在遇到某种似曾相识的情形时，由于神经记忆的作用，内心就会产生恐惧。

天才都是自相矛盾的人，因为在他面前现实与理想总是呈现出割裂的状态。

一个精神力强大的人必然也是一个自相矛盾的人，要解决这种矛盾就要学会自我治疗。

理性未必正确，有时往往是非理性主导着我们这个世界。人可以具有两面性与多面性，只要他能保持适度平衡，就不妨碍他成为一个正常的人。从某种意义上，抑郁症患者更接近于这个世界的本质。

这个世界能不能再平静一点，好不容易调整出状态再遇挫折，纵然一切实属必然，可我的身体已不能承受，这难道是我们这个世界的本质？再小的意外与波折都会使一个人的精神遭受无可避免的打击，如同患病，只是每个人受打击的程度与表现不同而已。

下意识的兴奋也会使人极度地焦虑。

反反复复去做同一个动作，等待一个注定落空的结果，会使人更加焦虑不安。我不可能不想它，它就发生在我身边，当我用尽了一切方法都无法缓解自己的焦虑的时候，我只能静静地躺在床上，一个人默默地独自承受着。我突然发觉这个世界也是由人类的焦虑所构成的，一切都会过去，我相信时间是最好的良药。

身陷抑郁之中的他看世界的角度也悄然发生了变化。

每次事情发生时，无论事大事小，我总是把它当作自己发生的事一样，神经衰弱始终困扰着我，焦虑使我辗转反侧，我试图通过一切方法尽力遏制着自己。那一夜我再度失眠了，人生还会有几次失眠？我仿佛听见了自己灵魂深处歇斯底里的声音。

自闭症是一种精神返祖现象，如同远古的人类穿越到现在，根本不能适应当下的生活。

他的感觉以极其强烈的方式传递到我的身上，此时我与我的父亲连为了一体，又有一种想与父亲分割开来的强烈冲动。

由于焦虑与抑郁，他感觉自己离真实的生命又更近了一步。精神分析使人深入这个世界的最深处，他看到的世界与常人看到的不一样。

精神病人与正常人唯一的评判标准就是这个人能否保持一种自我的平衡，如能保持即是正常人，如不能保持即被定义为精神病人。

面对自我困惑与他人困惑，我很清楚自己应该去做些什么，对于这种困惑，即便拥有再多的金钱与物质也无法彻底解决，物质越多反而困惑越深，解析并治疗这种困惑是我的责任，以期挽救更多的生灵。

医药总是充满着暴利，常常用莫须有的疗效去蒙蔽他人，可实际这种疗效根本是无法被证实的。

敏感的心在触碰到这个世界的真实后，尽管有些残酷、有些赤裸裸，但不应该变得更加脆弱，而是应该变得更加坚强，奋起反抗，这样抑郁和焦虑才会离你远去。

有的人的焦虑体现在心理，有的人的焦虑体现在身体。人会呈现出许多种精神状态，这反映着我们这个世界的多样性。

疾病让身体过分虚弱，使精神更为振奋。精神偶然性的变化会使一个活在现实中的人突然感觉到不知所措，身体不知道如何去应对这种急剧的转变。

过了段时间，他几乎遗忘了自己的身体，他的内心竟感觉好受了些。

一个人里面突然生出了另一个人，上帝给了他一个完整的身体，却没有给他一个“健康”的精神，由此他走上了一条与众不同的路。

经济与金融

我从事金融并不是为了赚更多的钱，在我眼里，金融是一种向善的力量，我希望通过金融去做更多的慈善，去造福身边每一个信任我的人，让他们生活得更有尊严，这就是我从事金融的意义。

资本在原始积累阶段必定是野蛮的、无序的，无不流淌着罪恶的鲜血，正如马克思所言：资本来到世间，从头到脚，每个毛孔都滴着血和肮脏的东西。

风险意味着不确定性多于确定性。

怕就怕预期变了，预期是人心的衍生物，预期变了便什么都变了。如果股票没有了投资属性，也就彻底失去了它最初的意义与价值。

经济自由乃是自由之根本，如果一个人没有经济自由，其他的自由都是扯淡。

传销是金融鸦片、社会心理另一面的反映，其本身不产生任何价值，恰恰迎合了某些人渴望不劳而获、一夜暴富的心理。

金融危机本质上是一种人与人之间的信任危机。

资本如水，企业如舟，水能载舟，亦能覆舟。谁都希望自己成为少数幸运儿，却不幸做了多数替死鬼。

数字本是十分虚幻的，有时只是纸面上的繁荣而已，我们需要时刻提醒自己，要保持足够的清醒与冷静，等待着危险与机遇的到来。

如果你对一件事情足够专注，我的意思是专注专注再专注，你就会看到许多其他人看不见的东西。

高房价导致整个社会的畸形，人们都陷入投机取巧的氛围之中，老老实实工作是不可能买房的，买房只能靠一夜暴富，所以传销与资金盘永远都有它的市场，这个市场就根植于人心之中。

如果这个世界还有什么是资本推动不了的，那这个推动不了的东西的结局只有死亡。现代社会没有什么东西是不能以金钱作为计数的，无论资本怎么包装美化自己，都改变不了其唯利是图的本性。

华尔街试图通过证券期货（金融）去控制世界上所有人认为有价值的东西，其中包括最虚无缥缈、捉摸不定的虚拟货币——比特币，来达到控制整个世界的目的。虚拟货币的暴涨一定程度上反映了这个世界热钱似乎太多，已远远超过现实社会当中的财富总和，人类最终必将会为无节制地滥发钞票而买单。

是证券市场的波动使人失去理智吗？我看生活本身就使人失去了理智。玩股票的人相对于玩游戏的人来说，同样沉迷，自我感觉更贴近现实生活一点，仅此而已。

一切数字都是虚幻的，只是每个数字含有的水分不一样。

每个人都是为了追求自身利益的最大化，从而导致所有人都停滞不前。总要有人牺牲，那么谁来充当这个炮灰呢？我相信没有人真心愿意，最终只能陷入对任何人都不利的僵局。

你购买的是股票而不是公司，你购买的是公司而不是股票，两种截然不同的说法彰显出两种截然不同的投资理念。

生产再生产的过程，再生产囊括了对生产的重复以及在重复基础之上对生产的再创造，现代电子产品很鲜明地体现了这一点。

生产再生产不断满足着人的欲望，促使人不断地消费再消费，尽管生产与消费是紧密相连的，但是消费与生产却有着本质上的不同，从消费到再消费是一个不断循环往复的过程，只是单纯地重复并没有任何的创造，不存在创造型消费一说。不过消费是人理性选择的过程，在市场经济环境下再消费等同于再选择，久而久之必然会形成优胜劣汰，再消费刺激着再生产持续去创新。

傻子买傻子卖，还有一个傻子在等待。我通常把这个资本市场击鼓传花式的游戏称为博傻，这里没有幸运儿，只有殉道者。

股市是人类发明出来的玩意，使人们争先恐后、前赴后继，股市几乎已经成为一部分人生活的全部。

钱是赚钱最好的工具。

人们每天都小心谨慎、提心吊胆，但真的灾难是谁也躲不过的，没有人能够真正幸免。

投资盈利本质上是货币现象的结果，而金融是看不见的杀人武器，每一次金融危机都是社会财富重新洗牌的契机。聪明的投资者不是看他在牛市的时候做了什么，而是看他在熊市的时候做了什么，这很重要。

面对危机，任何举措只能是减缓却不能真正的避免它。任何一次金融危机的发生，作为老百姓都是无法加以预判和左右的，我们所能做的就是看准时机买或卖。

金融行业每天都像是在走钢丝，只是不知道这根钢丝什么时候会断，人什么时候会从高处摔下来，一切都是利，一切都是资本在背后的推动。

在危机与灾难面前最稀缺的是人与人之间的信任，这需要克服人性当中最根深蒂固的自我保护意识。

投资是以创造财富为目的的，投机并不能创造财富，只能转移财富。

税收并不能缩小贫富之间的差距，无论政府如何制定税收政策，富人总能找出漏洞进行合理避税，而穷人却对此一筹莫展，只能坐以待毙。

美国人的高明之处就是把自己国家的经济与世界的经济捆绑在一起，一旦美国发生金融危机，世界也会随之发生金融危机，因此美国有难，整个世界都不得不来救。

仔细观察这个市场，有些企业靠货币超发一夜暴富，有些企业则完全是靠货币超发勉强维持生计，企业本身实际上没有任何盈利。

黄金虽具有天然货币的属性，但金本位已远远不能满足现代经济发展的需求。

所谓民主，不仅是政治经济学，更是经济政治学，当唯经济论寿终正寝的时候，人们才会想到去反思曾经的所作所为。经济繁荣只是某些人的经济繁荣，经济危机却是所有人的经济危机。

金融有一种神奇的魔力，如同天天在表演“蛇吞象”的魔术师，在常人看来完全不可能的事情往往通过一系列的运作手段成了可能。

资本是趋利的，政府是矛盾的，要求资本脱虚向实，这显然与资本的趋利性相违背，脱虚向实好似天方夜谭，只会是一种永远无法达成的虚妄。

富人从来就不怕什么金融危机（股市或者房地产崩盘），相反金融危机的发生可能是一次机会，金融危机是富人掠夺穷人财富的手段，其结果只会让富人更富、穷人更穷。

透支是对未来确定性的某种预判，存钱是对未来不确定性的某种把控，在金融的世界里，所谓没有风险是建立在长期通货膨胀的基础上的。

虚拟货币本身并没有价值，可现代社会中，那些始终处于焦虑之中的人们越来越发觉虚拟货币是规避风险、对抗通货膨胀的利器。以华尔街的智慧，估计过不了多久，知识也能打包成一个资产包，可以自由交易，抵押转抵押，并随之产生出各种令人匪夷所思的金融衍生品。

学习经济学与金融学首先要阅读大量的经济金融史，这是一个非常重要的切入点，而不是一上来就读纯粹的理论性著作，其枯燥与乏味会使人在一开始就没了兴致，这是最要命的。

单纯的货币是最自然的状态，而赋予货币某种意义上的形式才会有价值，那么问题来了，什么样的形式才是最有价值的？

金融试图通过各种创造出来的衍生品去控制各行各业，听上去实体是需要金融的帮助，实际上是实体完全沦为了金融的附庸，本来是实体为主，金融为辅，最后往往本末倒置，演变成为金融为主，实体为辅，导致实体彻底边缘化。可以说这是一种引狼入室的结果，也是一种形势所迫，于是我看见一个个实业家都变成了金融家。

实践证明，真正具备投资价值的是在未来长期具有稀缺性的东西，就像过去买了一辆车和一张牌照，如今车早已被当作废铜烂铁报废了，牌照却身价倍增。因为在人口密集的大城市，公路资源永远是稀缺资源，而拥有一张牌照就意味着占有这种稀缺的公共资源。

普通大众（投资者）总是盲目地，在近乎狂热的鼓噪下做出许多非理性的决策，在这样的环境中，一个原本理智的人也会开始变得不理智起来。

中国式价值投资，投资与投机相辅相成，不做纯粹的投资，也不做纯粹的投机。除了通货膨胀的因素，证券市场本质上就是一种对赌，没有过人的智慧很难从中脱颖而出。

危机总是在毫无征兆中发生。

金融可能是人类创造的数字在玩弄着自己的游戏。

一件东西，是不是真正属于你其实并不重要，没有人会深究这个问题，可重要的是你是它的实际使用者与控制人，并享用着它所带来的收益与价值。

资本是要放在最安全的地方，但不意味着没有盈利，如今我正在努力寻找着“终极资产”的栖息地。

比特币，大多数人不知其为何物，却满足了人们一夜暴富的所有幻想，没有最高只有更高的终极传销——比特币的出现是对现有价值投资理念的一种颠覆。未来或许会存在这么一种东西——它既看不见也摸不着，不是现实世界中真实存在的，却是这个世界上最昂贵的东西。可以预见若干年之后，某一种虚拟的东西可能成为我们这个世界经济的唯一增长点。

风险管理除了规避风险还要保持盈利，难就难在这里，有预兆的灾难是不需要防备的，要防备的是没有任何征兆的灾难，这才是真正的灾难。要知道这个世界从来不会缺少赌徒，把杠杆放到极致，并押上自己全部身家性命的赌徒。

涨涨跌跌起起伏伏，其中掺杂着太多贪婪与恐惧，撇开这些虚幻的数字，这就是我们这个世界的本质，我看见人性在其中博弈。

既然灾难是注定要发生的，如果悲剧一天就能发生并终结，不管多么具有毁灭性，我都甘愿承受，最可怕的是悲剧每天都在发生，每天都在煎熬与惶恐中度过，生活在其中的人们随时可能有变疯的危险。

当灾难发生时，我能想到所有发生过的一切都能再一次发生在他身上，天知道他正在承受着的东西。

人的悲观消极情绪是会传染的，也就导致了之后会有更深重的灾难发生。所有过去的经典理论都会在现实当中无效，请记住这是一个变化的世界。

市场里的人都是自以为聪明绝顶的人，每个人都认为自己能够成功逃顶，成为最后的幸存者，可结果呢？人经不住自己理性的诱惑，每天都在计算着得失，因此错误地判断了市场。

经历了那次刻骨铭心的灾难，我深切地领悟到严格遵循自己交易法则的意义。

股票，人类发明出的虚拟数字，却牵动着几乎所有人的身家性命与整个国家的命运。

商业社会首先要解决的就是信任问题，因为信用产生价值。

金融危机是自由市场经济的结果，不断扩大的货币供给是一个不得已而为之的无底洞，人类迟早要为这个窟窿付出惨重的代价。在美国，政治与经济是一层相互制约的关系，没有谁可以真正独立于谁。

他们都是赌徒，自己生命的赌徒，可我却忘了自己也曾经是一个赌徒。

大而不倒是一个悖论（伪命题），它们必须为自己所造成的风险而付出代价。人在灾难面前总会表现出自身的羸弱，手无缚鸡之力。

活着的每一个人都要学会去面对灾难，因为我们根本无法逃避它。

资本家嘲笑着上帝，因为其手中的金融已掌控着万物。

金融危机导致大量财富在短时间内蒸发，但市场总是趋向于制造泡沫，危机过后一场更大的泡沫正在形成。

巴菲特使自己的名字成了一种品牌，一种能够让资本市场起死回生的效应。

现代社会的经济发展模式就是杠杆经济，没有杠杆经济就没有现代社会的繁荣，无论这种繁荣有时显得是多么的虚幻。

金本位是一种几乎没有泡沫的经济，但已远远不能满足现代经济发展的需要了。

生意要将有意识做成无意识，只有这样才是生意的至高境界。

人们的需求是可以通过理性与经济效用合理支配的，对某物的需求远没有我们想象得那么多。

保险起源于赌博，原本变幻莫测的风险也可以用货币作为度量，并可以任意买卖与交易。

灾难总是所有人一同承受，获益却永远只属于少数人。

在未来，货币发行成本几乎为零，因为只需要在那个需要钱的账户打一串数字就行了。

中央银行应该是最独特的政府部门，既发挥着政府的职能，又独立于其他政府部门。

索罗斯的每一次蓄势出击，首要目的是完成政治任务，其次才是赚钱，以达到其经济目的。

恶性通货膨胀意味着一种货币体系的全面崩溃。

经济学最大的难题在于货币数量与财富增长之间需要寻找出一个平衡点，并且这个平衡点也是在不断变化波动当中，因此温和通胀便占据了上风。

货币似乎是只增不减，而税收似乎是只减不增，对于政府来说就形成了一个怪圈。政治家要想当选就必须改善民众的福利，民众只会选择能够进一步改善他们福利的政治家，而福利不可能永无止境，这就陷入了某种怪圈。民众只懂得享受当下，最后把未来子子孙孙的财富都透支了，长年累月必然会爆发一场最终的危机。

盲目地一味推高福利，当远远超出自身能力承受范围的时候，会使整个国家陷入灭顶之灾，无论何时都需要有危机意识，绝不能以牺牲未来而换取现在一时的享乐，必须做到真正的可持续。

注视着屏幕上那些虚拟数字依旧在不断跳动，跳得高也好、低也罢，对我又有什么意义呢?

只要略微学过经济学原理的人，就会很明智地远离赌博，因为赌博本身并不会对社会产生任何经济上的价值。

资本的天性是趋利向虚的，往少数人手里集中是它的结果。

读书与知识

如今以纸质书本作为媒介的文字已经式微，而以网络作为媒介的文字却无时无刻不在影响着人类社会。

读书仍是现代社会获取信息的基本方式，尤其是高级知识，但它已不是主要方式，网络一跃成为现代社会获取信息的主要手段，除非以后有更新的技术诞生，其地位几乎不可动摇。随着现代技术的发展与普及，读书正逐渐走向衰落。

他曾经天真地认为，只要是幸福的事情，做得越多得到的幸福也就越多，读书是幸福的，但读书读得太多也会转变成苦涩。

我把读书当作一种治病的良药，读一会儿书竟觉得自己的身体好多了，出奇地神清气爽。因为拥有丰富的内心，读书人的心灵一般比常人更加敏锐。

只有心真正沉静下来，大脑才能开启思考。读书是一种使心沉静下来最为简便有效的方法，只是这种方法在现代社会变得十分脆弱。

现代人生活在碎片化的世界，他们的阅读自然也是碎片化的。

读书不一定能够改变你的命运，但读书绝对可以改变你的气质，那是整个人活着的状态，重要的不是阅读的过程，而是自我反思的过程，我们将由文本联系到自身。

读书与思考总是联结在一起的，闲暇之余，正是思考之时，思考需要内容，内容源于读书。

现在的我就好似一块海绵，在一旁贪婪地吸收着属于自己的养分。

报纸作为信息快餐型的载体应该退出历史的舞台，书籍作为知识正餐型的载体应该还会延续很长一段时间，因为有人类的地方就有书籍。

在这个时代，诗显然已经失去了赖以存在的根基，越来越边缘化，人们不再读诗了，因为在这个纷繁多变的世界上，人们的心再也无法真正地沉静下来。我始终认为，只有人与书之间的互动增多了，才能真正消解整个时代的虚无。

图书馆是一个你永远都逛不完的地方，每一次走进都会有新的发现，这种发现仿佛永无止境，须知书本里所蕴含的知识远比你头脑中的所有要多得多。

翻译是可行的，却是不可靠的。

一到图书馆就会想起什么，一出图书馆便什么都忘了。

在阅读一部作品的时候，需要人们去联系自身才能得到充分的理解，没有任何实际生活体验的人是很难理解的，但一个新的问题便随之而生，加入个人实际生活体验的理解，很容易产生对作品本意的曲解与偏差，所以要真正理解一部作品是一件极其困难的事。

本义与自我的引申意义相交织，阅读的过程也是一次重新回忆与创造意义的过程。

一本伟大的著作能启迪着还在睡梦中的人们向心中的目标奋斗不息。我们不奢望去实现某种意义上的乌托邦，只希望古拉格式的悲剧避免在人间重演。

有一种沉重的负罪感叫作原罪，托尔斯泰仿佛永远活在自己的罪孽之中，好不容易从自己的罪孽当中挣脱出来，却又迷失了方向。

我们彼此都活得太累、太匆忙，图书馆是一个疲惫的灵魂得以喘息的地方。一个人坐在图书馆里，此时此刻寂静一片，我的耳旁却听见那些人类最伟大的灵魂在不断激荡回响的声音，这声音比大海上的波涛还要汹涌澎湃，我心底已确信那绝不是幻觉，因为它现在就真实地存在于我的脑海中。

无意中翻了翻里尔克的诗集，想想如今的自己成为诗人的可能性已是微乎其微，早已被现实消磨殆尽，我已无力唤起胸中的诗意，它已离我渐行渐远。可能在这个时代已无诗人，或者说诗人已死，而里尔克是我见过的最纯粹的诗人之一。

诗是自然与思考的完美结合，它的中介是人。

对于一个求知者来说，相互间的交流是必不可少的，具有启发性的言谈是一次重新发现自我的过程。

《论语》是所有人智慧的结晶,《孟子》基本是个人自我的呼喊。

读书永远是思考的新鲜血液，无论一个地方怎么变，图书馆的存在维系着一方精神的永不灭。图书馆是人类精神栖居的地方，使灵魂以自己想要的方式尽情舒展。

对他来说，知识（伟大的思想）远比漂亮的女人更有魅力。

当你在读书的时候，我已经知晓你与其他人定有所区别，前方的路已经分岔成为两条。

经典对我们的重要性不言而喻，由于时代价值观的变化，经典所给予我们的意义自然也会有所不同，但经典之所以被称为经典，是因为经典对于我们的意义本身是永恒的。

读书就好似从一堆句子里面寻找属于自己的感觉，每次去图书馆总会感叹没看过的书实在太多，自己读过的书又太少，在图书馆浩瀚的书籍面前，人不得不变得谦卑，低下高贵的头颅。

这是一个文字泛滥的时代，我们现在能读到的书比过去任何一个时代的总和还要多。这是我们的幸运，也是我们的不幸，因为这需要你拥有一双能够甄别它们的慧眼，而不是淹没于茫茫书海之中。

人类那些伟大的先贤一个个从书本里走出来成为我的良师益友，在我心中复活。

来到一个图书馆，我只有把自己想读的书都读遍（至少读过一遍），才能真正心安理得地离开，不留下一丝愧疚。只要这些书还在，我就有值得继续待下去的理由，因为我的任务还远未完成，我不想留有遗憾。

读那些伟大的著作，与那些伟大的人物进行跨越时空的对话。

在读书的时候你通常会有这样的感觉——如果你完全不了解作者运用该词的语境，那么读起来就会感觉十分晦涩，相当费劲，可能通篇不知所云，如同天书一般。

语言是开启文本的钥匙。

在图书馆中徜徉是一件无比享受的事，身心共同体验着在茫茫书海之中探索的乐趣。

卢梭要是出生在中国，必定能够成为一个散发着东方神秘气息的隐士，他生来就向往自然，纵情于山水之间。

一个伟大人物总是彰显着自我矛盾与复杂性，对于伟大人物的解读永远都不嫌多。洋洋洒洒讨论了那么多，只是为了证明其论题的无意义性，这样的文章是前所未见的。

随着技术的深入与发展，我能意识到传统的纸质书本将成为我们人类捍卫自身的最后一块阵地。

读一个人，一百个人可能有一百种观点，但有一点始终没变：伟大的人物总能激发人们的想象力与激情。

读完了一整本书，我的脑海里可能只留下一个印象，正是这个印象构成了我的全部灵感。转了一圈，我还是喜欢图书馆的环境与氛围，有无数本书作陪，这里的一切都深深吸引着我。

那些书我几乎都已读过，但是一问起来，我的脑海却好似一片空白，这是为什么呢？原来我只是在书中汲取着自己所感兴趣的东西，汲取着可以成为我当下所用的知识，而不是通篇强记，硬要我说出个一二三那是不可能的。

卢梭真正的老师不是任何人，也不是任何书，而是自然。

我喜好那些通篇内心独白式的文学作品，在我看来没有比这更真实的东西了，它是如此振聋发聩、发人深省。阅读是使自己反思自身的存在，游戏是使自己遗忘自身的存在，同样是存在，却走上了两种截然不同的路径。

没有这些书就没有这些朋友，我们的友谊是建立在书与书之间的。

想要读的书总是那么多，可已经读过的书总是那么少。

卢梭的《漫步遐想录》之五，简直可以和梭罗的《瓦尔登湖》相媲美。

当我感到饥饿的时候就以知识为餐，当我感到困倦的时候就以书本为垫。

《论语》对于人的益处，尤其是对中华儿女来说，每每读之，可谓是生生不息、连绵不绝、常读常新。

无用之用是对读书最好的诠释。

他喜欢书，更喜欢这里的环境，其使人能够沉静下来。

成功的人往往都是相似的，持之以恒地阅读与思考是他们的共性。

凡是回忆录都不可避免地带有一种刻意修饰与包装的性质，在为自己的过去做某种程度上的辩护。

闲暇引导着我进入其他领域，但最终发觉还是读书对我来说更具有意义。知识未必都是有用的，看似无用的知识往往会在不经意间起到极其关键的作用。读书可以是一种学习，也可以是一种消遣，至于有没有用，得看人。

我还是喜欢图书馆的环境，不仅是出于其幽静的氛围，更重要的是图书馆里能发现的书远比互联网上要多得多，不信你自己走上一圈试试。

读书就是要读经典，经典往往是世人公认的，历经岁月的千锤百炼。写作也是同样，要写经得起时间考验的作品。

网络上的阅读基本都是消费快餐型，为了取悦社会大众，各路媒体也是这么制造信息的。而传统纸质书籍是知识正餐型，只有人们沉下心来去阅读，才能真正获取对自己有用的东西。由此衍生出两种大相径庭的思考类型，一种是目不暇接、停止思考，一种是随时停顿、鼓励思考。

图书馆不但是人类知识的宝库，更是人类精神的依托。书，不是想要去占有的东西，应该永远处于流动之中，光凭单纯地占有是学不到真正的知识的。

知识需要在我的脑海中留下印象，有了轨迹才能为我所记忆。

在书本中总会找到与你类似的人，通过“他”进一步了解你自己，这是读书最大的乐趣之一。时至今日，我依然认为“古老”的纸质书本是文字具有生命力的最佳载体。

当他从阅读思考中跳跃出来看这个世界的时候，世界是另外一副样子。

人在年轻的时候应该尽可能地广泛涉猎阅读，但在读到思想较为艰深的作品的时候，往往因为年轻、经验不足会产生一定程度上的理解力偏差与困惑，容易误入歧途，不过这也是人生所必须经历的过程。

一本好的书能让每一个读者看见不同的自己。

读书与写作相辅相成，如同阳光灿烂的午后咖啡配甜点一样。

书的价值在于被遗忘那么多年以后，它会被某个在图书馆的人偶然间重新发现——遇见相似的灵魂，知道曾经还有那么个人活过、爱过、存在过。

图书馆是人的灵魂得以休憩的地方，每次来到都是一次精神的洗礼。

人活着本身就是来接受苦难的，俄罗斯文学就是苦难生出的文学，它不是幸福的文学。

当你读书的时候，你会看到现实生活中看不到的东西，看到一个与你如此相类似的灵魂，这是读书的最大乐趣之一。

一本书从头到尾、从里到外无不透露着孤独的意味，好像从来就没有人活得那么孤独，看似孤立的文本只有被纳入整体才能得到充分的理解。有吸引力的文字具有很强烈的带入感，带入自我的反思之境。

说到读书与不读书的区别，其实我也说不清，但我知道肯定有区别，越是细微的东西往往越为人所忽略。

如果上帝允许人带一样东西去阴间，他会带一个玩不尽的游戏还是一本读得完的书?

生活与生活之间的间隔，由于书本的存在得以跨越。读书永远都不会迟，因为它正在场。

鼠疫的降临是必然，没有鼠疫还有其他灾难，加缪把鼠疫看作人类胡作非为所付出的代价，是惩罚、是天谴。

梭罗并不是真正的“隐士”，而是在做某种类似于生活实践的科学探索，尽管他谙熟孔孟之道，但他毕竟是个西方人，可能是最接近中国传统文化意义上的西方“隐士”，因此两年之后他便离开了瓦尔登湖。

他不禁感叹人生变幻无常，读了那么多书，转了一大圈，最终还是要回到瓦尔登湖——那是心灵开始的地方。

托尔斯泰的一生就是与自己、与周围环境斗争的一生，至死不渝，仿佛任何东西都经不起他良心的拷问，任何关乎生命的话题对他来说都是严肃的。

就像一张书签上写着我们需要阅读一样，我们需要真正把心沉静下来，把阅读当作发现相似世界与不同世界的过程。

我们这个时代，知识本身就过于廉价，由于廉价而被束之高阁，人们纷纷不以为然，最容易获得的东西往往最为人所忽视，因此也最为珍贵。

卡夫卡的许多作品，不是由于作者的早夭，而是作品本身就是未完成的结局。

文字在这个时代越来越失去它的统治力，随之被视觉与声响逐渐取代。人们即使在闲暇之余想读进一些书，也变得尤为艰难。

阅读经典（无论是读得懂还是读不懂）对一个人的成长起着近乎决定性的作用。

金钱与财富

如果不想成为金钱的奴隶，就必须成为金钱的主人。如今中国人对财富的渴求超过以往任何一个时代，比任何时候都迫切。

金钱本无罪，是人类亲手将它创造出来的，却成了世间善与恶的源头。

投也罢不投也罢，投资是一种可以使人产生极度焦虑的东西，我把它称为投资性焦虑。

拥有财富是一种感觉，一种无比幸福的感觉。

一看他就是市场里摸爬滚打出来的人，具有市场赋予他的狼性——敏锐的眼光、冷静的洞察力，以及义无反顾的果敢。

投资是与现实最紧密相连的事，因而也最为复杂高深，甚至于晦涩难懂，具体到每一个人身上又不一样，简单就不是投资，投资必然不简单。

我始终奉行君子爱财取之有道，富与贵是人之欲，如果不以其道得之，那我宁愿甘于“饭疏食，饮水，曲肱而枕之，乐亦在其中矣，不义而富且贵，于我如浮云”。

为富须不断修德行善，为富不仁，德不配位，必有灾殃。通过努力去获得财富，并有能力去掌控财富，之后再合理散财，三者同样需要一种相当高深的智慧。

富人拿钱直接去帮助穷人无疑是一种陷害，看似是出于某种怜悯的施舍，其结果往往只会让穷人更穷而已。

不可否认，人的成功确实有运气的成分，有时运气可能还占据很大一部分因素。但是，如果一个人能长久地保持一份运气，那就不是光有运气那么简单了，首先这人必定不简单，因为成功并不是一件容易的事。

当你的力量还不够强大的时候，你要学会如何去跟庄；当你的力量足够强大的时候，你要学会如何去坐庄。

扭曲的仇富心理产生的根源仍然是巨大的贫富差距，财富过度集中在了少数人的手里。

这个世界只要有了利，就会生出许多东西，原本看似运气的东西也会变成某种技术的奴隶。所谓运气可能只是一种错觉，运气因利而异化成为人赖以谋生的技术、妄图一夜暴富的工具。

不是说谁能活得更风光，而是说谁能活得更长久。

无须厌恶犹太人的满身铜臭味，其实赚钱并不可耻，可耻的是一个人非但没有本事赚钱，甚至连自己都养不活。

财富要充分流转才能产生价值，但绝不能过度，过度就会发生危机。

学习与财富并没有太大的关系，但学习能力与财富绝对是紧密相连的。聪明的人向来都是去主动捕捉趋势的，只有傻子才会被动地等待着趋势的到来。

这些年来，我一直都在苦苦追寻“终极资产”，所谓“终极资产”，可以不是那么暴利，起初甚至可以不挣什么钱，但绝不能接受亏损。不亏损始终是我投资经商的首要原则，前提必须是可持续的，可以提供源源不断的现金流，最终实现长久的盈利，甚至在我死后许多年依旧如此。

节俭并不能产生价值，只能最低限度地保留价值。

资本是中性的，本没有善恶之分，是使用它的人改变了它的性质，罪恶因此而产生。所以我们既要善于利用手中的资本，更要珍惜手中的资本，以求达成善的目的。

在金钱的巨大诱惑面前，再成熟的人也会变得像个幼稚的孩童一样。

税收是一种使社会财富强制流动的方法，也是一种国家形式的慈善。

物质的稀缺性是不平等与差异产生的根源。

财富和女人一样，你不去珍视她，不但会失去她，反而更会伤害到你自己。财富有聚有散，随着金钱的逐渐散去，人生仿佛有了新的动力。

应对财富时刻怀有敬畏之心，对金钱没有任何概念的人，如果你忽视它的存在，你就会为钱所困，在现实生活中活得很苦。

富有，大多数时候只是一种感觉，一种踏实满足的感觉，而不是每天能花多少钱。财富只有到有能力驾驭它的人手里，才能发挥出其最大价值。

投资是一场永无止境的修行，自身财富的累积过程就是对自己一次又一次的磨炼与教诲，如果足够幸运的话，就能保持财富直至终身。

如今金钱可以放大任何东西，甚至于爱情，人人都渴望成为它的主人，却一不小心沦落为它的奴隶。

不像其他天赋在孩童时代就能被提早发现，一个人投资的天赋与拥有财富的能力，只有在大学毕业以后、真正走向工作岗位时，才能被充分地发掘。

一个人迟早有一天会拥有与自身能力相匹配的财富，来早了可能是一种伤害，来晚了可能是一种遗憾。

我从他们身上看到了人生的多重意义，而不仅仅是财富。

犹太人无疑是令人钦佩的，他们经历过无数次颠沛流离、背井离乡。能使犹太人生存下来并长久不衰的秘诀，就是时刻保有的危机意识。

短时性的小富小贵是险中求，长时性的大富大贵必然是稳中求。

人需要处理好自己与金钱的关系，并随着其数量的变化不断调整、更新着自己。

通往财富的路可能是一条不归路，原来你是想驱使财富，最终你却被财富驱使。

过去普普通通做一个小老百姓还好，当你开始发觉自己的学识已逐渐无法匹配上财富增长的速度的时候，就要进一步去学习、去思考了。

房地产在我们国家是一种计划经济的集中体现，它并不是市场经济，因此它基本不受经济周期波动的影响，就像一个发了福的人，一旦胖起来无论怎么减肥都回不到原来的体重了，即便瘦也只是暂时的、不可持续的。

财富只会向与之相匹配的少数人群里流动。

财富在绝对的权力面前显得是何等脆弱，可以说什么都不是，过于显露的财富在权力面前会演变成一场无可避免的灾祸。

一个人的能力总有自己的天花板，财富亦是如此。

那些教你如何投资理财的书籍，普遍存在一个很大的弊病，就是你缺少一个发家致富的机遇，所以说了等于白说。

赚钱容易花钱难，不是说花钱去一味地贪图享乐，而是怎么样花钱才会更有意义、更有价值，这是困扰每一个富人的难题。

拥有金钱的好处就是遇到喜欢的东西，无论其中蕴含多少价值，人们总可以用约定的价格将它买下，并占为己有。

人性是趋利的，尤其是那些对金钱饥渴了太久的人，他们患有严重的金钱饥渴症，无论男女老少个个都显露出自己的贪婪，从他们张牙舞爪的嘴脸上就可以看出。这种趋利性根本无法阻挡，并且最终会使所有人陷入疯狂，黑白颠倒，感恩变成仇恨。谁给他们利，他们就会不知羞耻地奉你为神明，即使两个三观完全不合的人，也能通过利益紧密结合在一起，在至高无上的利益面前没有什么不可能。

要知道对于没有能力掌控金钱的人，投资本身就是一种莫大的烦恼。要真正地去做慈善，精准扶贫其实很难，需要多方位地可持续发展，而不是光把钱撒出去那么简单。

人们之所以会把好好的投资最后玩成投机，甚至于赌博，其根本源自人性当中的贪婪，一心想赚快钱，幻想着一夜暴富。

时至今日，我依然认为博彩是不务正业的表现，因为习惯于通过博彩挣钱的人是不会对周围的任何事物产生兴趣的，对于他来说，生活就是赌博，赌博就是生活。尤其是在经济不景气的大环境下，人性的懒惰，导致人趋向于这种毫无意义的生活。

博彩从一定程度上可以带动社会财富的流动，可这种流动的趋向显然不是良性的。总是幻想着不劳而获、一夜暴富的人，最终的结局只能是一地鸡毛。

每一次政策的制定意味着财富效应的聚拢与显现，疯狂的人们又开始发起了一次疯狂的追逐，唯一能让老百姓平等参与进来的只有房地产。

民主的悖论——财富集中在少数人手里更好、更有效。

比亏损更能侵蚀财富的是通货膨胀，有钱人的第一桶金往往是最令人难以启齿的隐秘，就连看似行事光明磊落的人也是如此。

财富不一定要拥有，掌控财富才是真正的乐趣。

任何时候，保存实力、耐心，等待下一个机会，远比迫不及待寻求下一个机会要可持续很多。

把鸡蛋放在一个篮子里，然后小心地看好它，是因为这个篮子是自己的。

控制财富分配的比例固然重要，但更重要的是增加贫富阶层的流动性。富人与穷人的差距已经赤裸裸到富人将自己的所有财富送给穷人，最终可能富人还是富人，穷人还是穷人，贫富已不能用单纯的金钱来计数，这是社会阶层的终极分化。

我却看见每一分金钱意味着每一份责任，在赤裸裸的利益面前人会为了利益穷凶极恶，并不择手段。

想要长久地葆有一份财富，如何正确处理好政商关系，就是重中之重。

如果说你已经到了赚多少钱都没有意义的阶段，你将克服自己的贪婪，用另一种较为长远的方法去投资，而不是在乎那些蝇头小利。

拥有更多的钱确实能够帮助自己克服贪婪，但在无法抗拒的诱惑面前，人还是会选择继续着自己的贪婪。或许他依然认为钱还不够多，却从没有想到过自身能否与这些财富相匹配，因此财富将成为一种负担，最终演变成不可避免的灾难。

穷人借钱越借越穷，富人借钱越借越富，穷人借钱完全是一种死循环。当财富累积到足以抵御任何风险，并拥有将风险转化为机会的能力时，这才是真正的财务自由。

再好的投资类书籍传递的也只是一种理念，问题的关键还是要与当下的实践相结合，使其真正成为你长久盈利的手段。

投资的困难在于即使你读懂并领悟了所有投资类的经典著作，也不能保证你能在现实市场当中百战百胜（几乎不亏损并获取可观的收益），不然那些教授早就实现了财务自由，根本没必要在象牙塔里继续混吃混喝。

累积悔意，回避骄傲，对市场始终保持敬畏，对自身始终保持怀疑。

投资是一门关于人的科学，很大一部分是属于心理学范畴；投资要把握一个度，设立合理的安全边际，不要企图把世界所有的钱都赚完，要给自己留有适度的空间，因为这个世界的钱永远都赚不完。

投资与做公益绝不能混为一谈，投资完全是以营利为目的的，而单纯地做公益并不是一种可持续的慈善。

投资在现代社会的重要性不言而喻，投资是一门实践性的科学，关乎每一个人的生存与自由、每一个人最切身的利益，是有产者在市场持久立足必须学会的技能，不可不察也。

要让钱充分流动起来才会产生价值，光是让它干躺在一个地方，其只不过是堆积在那里的几个数字而已，在我看来并没有任何价值可言。

投资与投机同样都是为了营利，最大的差异就是心态，技巧可能随时都会过时，但心态永远都不会过时。

市场里的钱再多也不是你的，只有真正落袋为安才是属于你自己的。

所有突如其来的金钱诱惑都有很强的成瘾性，如果钱来得太容易，人们对周围的事物就没有了任何兴趣，以至于形成习惯而无法自拔，陷入某种恶性循环后，便会使生活误入歧途。

令人啼笑皆非的是，许多股民还群体性地搞迷信活动，为了中签把财神爷和佛祖都请了出来，认为赚钱与亏钱皆是运气使然。投资绝大多数时间不是在买卖，而是在等待，等待在合适的时间、合适的地点做合适的事，等待对于每个人的重要性不言而喻。

哪里有财富效应，哪里就会有疯狂。富翁享受的是累积财富的过程以及拥有财富的感觉，而不是金钱本身。

对于老百姓来说，他们持有过多的现金仍然是不安全的举动，看看周围的人都在拼命投资，自己便患上了严重的投资焦虑症。

时机（运气）与进取精神（勇气）是快速完成原始积累的必要条件，技能（能力）是往后维持财富的充分手段。

投资不光是靠运气，还要靠与之相匹配的能力。

投资有投资焦虑症，花钱也有花钱焦虑症，钱太多有花不出去的烦恼。

人从一出生进入社会，便要学会与金钱打交道，因为这个社会没有东西不是以金钱来计数的。

只有坚持自己制定的投资法则，才能真正摆脱贪婪与恐惧的困扰。

很多时候轻信一时的错觉不如稳守自己过去制定的法则，切勿因一时的错觉而破坏原先的铁律。

投资绝不是戏谑与玩笑，而是一件十分严肃的事情，你怎样对待财富，财富就会怎样对待你。一个实现财务自由的人更容易迷失自我，财富的终极目的是什么？除了成全个人自由之外，还要尽可能地帮助他人成全自由。

对于那串数字来说，不曾得到，哪有失去？

在安全感方面，国家对公民的意义不仅表现在身体上，更多地表现在财产上。公民有了安全感，就没有了“辛辛苦苦几十年，一夜回到解放前”的后顾之忧。

有趣的是洛克菲勒在被问及他的巨额财富如何得来时，他的回答是“上帝赋予了我的财富”，以上帝之名给自己的财富贴上合法性的标签。

一切都是利益的驱使,利欲熏心的结果就是使自己成为一个“睁眼瞎”。

不要把偶然的运气所得当作一切都理所应当，不要滥用自己的幸运为所欲为，要学会珍惜、维护幸运的果实，不断提高自己的能力并使之匹配上它。

一个家族财富的传承，归根结底还是能力的传承，没有能力再多财富最终也是空。一个人的能力与财富的数量呈现出一种动态的平衡。

投资领域本没有神话可言，所谓投资大师都是忽悠人的。

当你在没钱的时候就会觉得钱真的很重要，当你真正有钱的时候就会觉得钱其实也没那么重要，这就是钱的重要性。每个人都要经历从为自己赚钱到为他人赚钱的过程。

人的一生有两样东西绝对不会背叛你，并且从一而终，一个是靠自己的能力挣来的金钱，另一个是生你养你的父母。

哪里有财富的聚集与突显，哪里就有人性的疯狂与贪婪。我看见贪婪正蚕食着每个人的心。

与其去帮助那些需要帮助的人，不如去帮助那些值得你帮助的人。

文学与写作

用最平实的语言写出最真挚的感情，这才是真正的有文采，用浮华辞藻堆砌的语言，好比一具虚有其表却没有灵魂的躯壳。

一个伟大的老者与世长辞，可惜我们普通人根本不知道他的存在，因为我们这个时代变了，几乎没有人会因为他的作品而关注他，语言的力量开始式微，新的力量正在崛起。

一个作家即使很优秀，写出的作品如果无人阅读，那它也是没有意义的，或者这种意义仅对于作者本人来说，成了某种私人语言性质的东西。

整理写作，就是整理我自己的过去，那是我个人生命存在最好的证明。写作是一场持久战，在这冗长的过程中得不到任何即时反馈，人一天做一件事很容易，一辈子做一件事就会变得很难。

放弃了读书就等于放弃了思考，放弃了思考就等于放弃了写作。

我是一堵易朽的枯墙，撑不起你的一片天空，你是那涓涓的溪流，带不走我的思念与哀愁。我想这世上也只有汉语在短短的只言片语之间蕴含着那么多深意，颇为耐人寻味。

没有修饰过的言语，如同没有化妆过的少女——青涩有余，却谈不上精致。

他知道自己可能穷其一生也写不出一部完整的著作，所以只能写一些只言片语聊以慰藉。

无数次确认了，现实生活中的自己与精神世界里的自己根本不是同一个人，某种程度上是不是一种精神分裂？怎么弥合如此巨大的差异？正是由于这种差异激发了写作的冲动，诞生了一部又一部作品。

周末，夜晚，刚洗完澡，一个人，休憩中，我总是想写点什么东西，却总是欲言又止。每一次写作都是对灵魂的一次自我洗涤，我对着文字，文字对着我，生命力跃然纸上，我享受着这片刻内心的宁静，每一笔都是生命的赐予。

或许只有写作才能给脆弱的自己带来一丝坚强，面对生活，他不断地写作，就如当初在月光下、课桌前一样，无意义的写作，用文字书写着当下的一切，没有任何价值的可能，他却始终用写作对抗着生命的虚无。

他正做着自己该做的事，力图开拓出一片自由呼吸的净土，希望这里能够成为现代人精神的栖息地。

写作就是自己与自己做斗争的过程，尽管有时会显得艰难无比，但是你要学会坚持下去。

没有灵魂的躯壳在鲜活的生命面前显得如此苍白无力，就如同没有内容的文字只是单纯言语的堆砌罢了。

一个人的世界，一个人的写作，聆听着耳畔的禅音袅袅，等候宁静之时，摒弃了外物所有的牵绊，此时此刻思绪如泉涌。

生活停滞了，写作也停滞了，世界仿佛也跟着停滞了。深夜是创作分娩的最佳时刻，看看那，神的孩子在跳舞。

我不会才思枯竭，因为生活是我恒久的灵感来源。

写作对他来说业已成为一种习惯，化为一种生命，融入自己的血液，渗入自己的骨髓。

一个人的创作必然是其个人生活的具体体现，过着什么样的生活才能写出什么样的作品，想要写出与众不同的作品，就必须使自己首先成为一个与众不同的人。

一个作家的写作素材必然来源于其在生活中长期对人性的观察与揣摩。

用私人语言写作的内心独白，是独一无二的，是他人无法复制的，因为复制过去也没有意义。

即使慵懒地完全匍匐在自己的世界里，他最不能放弃的也就是自己的写作。

编辑，筛选，排列，组合，这是一项十分浩大的工程，就像养育我的孩子一样，我把他当作自己精心设计的作品，并乐此不疲地爱护他。

我把写作视为人最具神圣的创造性活动之一。

他是一个依靠碎片化生命体验来写作的人。

能引起绝大多数人共鸣的作品就是好作品，其必然带有自身时代不可磨灭的烙印。

如果仅仅是单纯的日记，似乎只有对个人来说才有价值。搜索自己过去的随笔，就是重拾灵感的过程，文字可以重新编辑，但是灵感再也回不去了。

在文字中他试图寻找出更为精确的表达，可最终还是徒劳无果。

杜绝一切的粗制滥造，我是一个完美主义者，总是力求尽善尽美，有时对于一个细节过分苛责，感觉自己又患上了强迫症。

终于我把自己想写的东西写了出来，此刻心情无比地畅快，就像解开了一把拴在心灵上许久的枷锁。

任何事物都无法阻挡其字里行间中所散发出的光芒。

写作是梳理、巩固、恢复记忆并尝试创新的过程，这是一项无比浩大的工程。

曾经多么熟悉的语言竟与我产生了隔阂，因而变得陌生，我知道这种隔阂同时也是我与生活之间的隔阂。

原本自己就是一个生活的忠实观众，只不过他习惯用第三人称写作。有了写作，他似乎找寻到了一丝存在的意义；没了写作，他更一无所有。

他粗略一想，似乎有着太多东西要写，可一下笔，却感觉世界空空荡荡，什么也没有了。

一写到生活，不知为何他几乎没有勇气再继续写下去了，不是写得太多，而是写得太少。

从过去细碎的笔记中发现自己对生命曾是如此较真，对生活曾是如此一丝不苟，可我现在呢？一想到这些，脸上不禁有些羞愧之色。

在忙碌劳顿中渴望写作，在闲适安逸中遗忘写作。诗意是一种感觉，需要通过文字进行加工。

在写作的过程中，我发觉自己就像西西弗神话中的主人公，不断地重复，在看起来毫无目的的动作中创造价值，获得满足。

每天下班回家后，我与彼得总会在我家对面街角的那个小咖啡馆里碰面，聊一聊彼此的心事与一整天生活中的琐事，于是便有了《我与彼得的世界》这本书，其实那个所谓的彼得就是我的另一个自己。

我的写作是想象力流动的结果，我看见此时此刻正天马行空，每一次写作对我的灵魂都是一次洗礼。

写作的意义不仅仅在于作者，更多地在于读者，是唤醒读者已经存在却又未被发掘或是遗忘的记忆过程，说白了就是潜意识向意识的转变，原本就根植在内心里面的东西经过阅读又浮现在眼前。

人是需要跳跃的，我想，写作对我来说就是最好的跳板，由此一跃进入了新的领域。

我很苦恼，完全是由于我实在回想不起自己在过去所寻觅到的重要思路，以至于我无法继续写作。一进入写作状态，笔尖就全顺着思绪如同行云流水一般下流，想止都止不住。

我是一个写作者，一个渺小不起眼的写作者，我不断地通过自己的感官阅读着这个世界，并把我所阅读到的世界用文字记录下来，这也成了我的使命，一个写作者活着的使命，甚幸，我依然还记得这个使命。

夜晚是我最重要也是最繁忙的时刻，几乎我的一切活动都在此刻生成。

写作是一种燃烧自我生命的过程，我的写作有时跟不上自己思维的速度，于是便产生了遗忘。如果不能写作，还不如去自杀！不堪忍受这样的痛苦，简直会把人逼疯的！

翻译是一门很深奥的艺术，实际上是在说同一个东西，由于每个译者不同，翻译出来的味道自然也不一样，需要译者尽可能地保持价值中立。

读书与写作能给予人一个视角，使人从世界之外来看待这个世界。既然进入了写作领域，是带动还是停滞我的思索，我想自己已别无选择。

将反思植入文本之中，新的创造才成为可能。

一本书，一支笔，一张纸，这就是他工作的全部意义所在了。

生活在同一片环境中，他察觉到了生活背后的东西，比真实更真实的东西，他忽然发觉自己已经死了，可他却是这个时代为数不多醒着的人。

写作会使自己的头脑变得越发清醒，或者说人本身就是渴望着清醒的，只是通过写作这一举动唤醒了这种心灵深层次的渴望。在写作中坦诚地面对自己是一个写作者最基本的前提。

写作是生命得以安稳的一种途径，尤其是在这个信仰缺失、价值真空的时代，它赋予了生命以真实性与存在感。

写作是为了记忆，更是为了遗忘，挥挥手，他将以此作为最后的告别。

有些人的生活总有着不可告人的秘密，写作便是其中最重要的一部分。如果你发觉自己一天不写作就会感到浑身不自在，此时写作已完全融入你的血液，深入你的骨髓，成为你生命中不可分割的一部分。

写作是一杯排解寂寞的鸡尾酒，作家注定是孤独的，写作永远是关乎一个人的事。边生活边写作，写作的素材永远来源于生活，而不是写作完全替代了生活，纯粹为了生活而写作。

想要创作出与众不同的作品，首先你要成为与众不同的人，过着与众不同的生活，有着与众不同的体验，方才有可能。

回顾自己写作的日子，可以说这是我这辈子过得最有意义的生活，我从没感受到过人生如此充实，自己一直所追寻的生命意义仿佛就在身旁，时刻陪伴着我。秋日的清晨，微微凉，初升的太阳，映照在我周围，心中的暖意，油然而生，有一种声音在天空中回荡，远方唱响的，是生命的赞歌。

过去他把写作当作一种救赎，如今他将写作当作一种使命。

写出自己的作品，就是自我与世界一次独特的对话。

无论何时何地我都不可能完全断绝自己的写作，因为它是灵魂的事，我把它当作自己生命的延续。

每个人写的自己都是自己的另一面，没有什么不可以写的，只要这是我们真实的生活。

我并不怀疑我的思考是否过时或者超前，我只是在写我自己，真实到无以复加的自己。文字是可以复制的，但是感觉无法复制，即便外貌相似的克隆人出现于世，我依然坚信每一个人都是独一无二的自己。

每一个作家都拥有着一颗敏感的心，面对感觉（生命的体验），语言永远是贫乏的。

写作是写作，生活是生活，很多时候写作是现实生活割裂的结果。心理素质太好的人成不了作家，因为对什么事都不会敏感。

文字源于符号，是人类思想最原始也是最好的载体，写作就是将自己的孤独与他人分享。

年岁越长，回忆越沉重，因为回忆总是汹涌奔袭向我扑面而来，我的生命已不能承受，或许为了消解这种沉重我才走上写作这条路，我是用自己的心在写作。

文字是易朽的，可他却渴望用易朽的文字去把握那个或许并不存在的永恒。写了太多的生活，可对于生活，他感觉自己还是个门外汉。

一个写作者的作品就是其身体的延伸。纯粹沉浸式的体验写作，而不是僵硬机械式的学术写作。

重写并不意味着推翻，在重写的过程中不断创造更新着自己。

绝大多数人的写作与生活相背离，思想与行为相背离，托尔斯泰的真正伟大之处在于言行合一。

写作是个人与这个世界的虚无相抗争，并获取某种意义的方式。如果地球毁灭，人类不复存在，写作也将是无意义的。

文字很多时候都是相似的，但每个时代的烙印却各有各的不同。一个人的写作必定与其独特的个人体验密切相关。

文学有什么用？文学在我们这个时代是逐渐被削弱的，但文学依然有振聋发聩的力量，可以在不经意间改变一个人的一生。

人在写作与思考当中会很容易陷入一种困境，是你一直想要摆脱的困境，我的治疗方法是：换一种场景，可以是一种全新的、你从未体验过的陌生场景，在不断变换的场景中继续着你的工作。

写作本身是无意义的，不得不接受这样一个事实，但写作者还是要用写作与自身的无意义进行抗争。

养成写作的习惯会使自己的感觉细胞变得逐渐敏锐起来。

没有这些文字，我的记忆将是不完整的。那些残存的笔记就是我生命散落的碎片。

他小心翼翼地收好那些笔记，使之尽可能地保持原状，封存在自己的记忆深处。

我不是为了永恒而写作，我只是为了记录下这个时代遗留在我身上的印迹。

重写自己的作品有时就像翻译一样，翻译求的是精准性，重写求的是完美性，过了段时间之后发现：天哪！这比翻译难多了！

写作就是自己内心垂死挣扎的过程，只有真实经历过的人才明白。在手机与游戏大行其道的时代，读书与写作已成为反抗这种现代性的重要手段，对我来说坚持写作只是延续我过去的生活罢了。

游戏成了他的工作，写作成了他的消遣。

写物、写事容易，写人的精神状态是最难的，需要作者本人不断去模拟体悟，力求更趋近于真实，乃至超真实。某种程度上文风就是作者个性思想的表达。

生活中始终存在着是重复过去还是书写未来的矛盾，在难以两全的情况下，他还是会选择书写未来，因为人毕竟是创造性的动物。

写作到有一种窒息的感觉，是头脑窒息还是精神窒息?

写作者几乎每天都要忍受现实与理想的巨大反差，依然坚持每天伏案写作，只有有无比坚强的心灵才能将写作进行下去。

无论如何他还是要写作，催促着自己马不停蹄地写作，就像完成自己生命最后一块拼图一样。

私人日记必须是隐秘的，如果完全开放就不能称为私人日记了，如同在写私人日记的时候总感觉到有另一双眼睛在监视着这一切，日记自然就会变味。

写作就是让梦的画面一再拉长，再拉长，我无时无刻不想念着你们。

大学与教育

教育是有关人类福祉最根本的事业，关系到每个人如何去获得属于自己幸福的学问。

每一位大师最基本的素质就是谦卑，越伟大就越谦卑。

在不影响他人生活的前提下，按照自己力所能及的方式生活，过上自己认为最幸福的生活，顺着这种生活方式让每个人发挥出自身最大的价值，这就是教育的意义。

临近考试所有人几乎都在玩命，都豁出去了，只是一些是用生命在学习，另一些是用生命在游戏。

这里有过去，有现在，也有将来，就看你看不看得见。至今我仍不断在迷茫中游曳，究竟哪里才是我真正的归宿？

如果还有机缘我还是会选择回到大学的课堂，全身心投入研究自己感兴趣的东西，这样活着的感觉真好。

教育的真正目的就是让每一个受教育的孩子都充满希望，希望是什么？不是赚多少钱，而是去实现心中梦想的可能。

不要将孩子圈起来当宠物养，而是要把他当人养——一个顶天立地的人。如果所有人都像是被同一个标准衡量，被同一个模子塑造出来的，那世界的多样性便失去了意义。

午后，一切归于寂静，我们还在沉睡……一个人的宿舍，有些沉闷，有些无聊，有些孤寂，却更自由。

偶尔回想起大学四年，此刻只有回忆充盈着我的整个世界。

我极其厌恶有人将自己的人生观、价值观强加于他人身上，为此我做出了本能的反抗。

交流的重要性显而易见，适当的探讨是有益的，使人在交流中不断修正着自己，了解自身的局限性，拓宽自身的视野，增进朋友之间的友谊。知识分子需要学会谦虚地接受一切自己所反对的东西，这才是一个知识分子对待世界应有的态度。

知识分子应该更多地关注现实世界，并通过自身不断地学习和思考与现实世界建立起某种有效性的联系，否则你至多只是一个闭门造车的老学究。

我们不能指望上一辈和下一代能有多少作为，我们只有指望我们自己。

大学是为了让人完善自我、各取所需的地方。

读书本应该是一种轻松自在的享受，可惜更多时候它竟成了一份无比沉重的工作，原本一切都是好的，一到了人间全都变了味。

学生们都把书给翻烂了，老师很开心。

黑夜白天在交替，我们几乎遗忘了时间的存在，只觉得眼前的一切都在颠倒，别不承认这就是生活，而不是错觉。

人难免有第一次，有第一次就会有第二次，一个通宵过后，光阴消逝得比任何时候都快，一出门我还停留在今晨的昨夜。

大学应该是仰望星空的地方。

上课听不懂很正常，中国的大学教育与九年义务制教育本身就脱节很严重，根本没有过渡性的衔接，一堂课下来大家都一脸茫然。那就对了，这就是大学。

不用看了，无聊的课堂上必定又倒下了一片，我竟忘了自己身处的是战场还是课堂，老师说的每一个字仿佛像一颗颗无形的子弹将我们一一击倒。

大学的本质也许正如他所说：除了一个图书馆什么都没有。

他待在宿舍，踱来踱去，左思右想，刚才睡过觉，接下来该干什么呢？他坐着发了一会儿呆，就这么待着多没滋味，他决定去看看别人在干什么，于是转身便出了宿舍……

教育制度把他培养成一台只会考试的机器，在他身上遗留下极其深刻的烙印。

父母必须习惯面对孩子的背影，如果硬要孩子转过身来面对你，那他就必须用自己的背影面对着未来。

在这样的教育体制下形成的教育根本就是畸形教育，横跨了从小学到中学再到大学的整个教育过程，我作为一个过来人心里是再清楚不过了，今天是学校开学的日子，由于假期作业没做完（实际上根本做不完），我看见开学第一天，带着负罪感的孩子们都不愿走进校门。回想当初的自己，面临着相同的窘境，上一代承受的痛一直延续到了下一代，有过之而无不及，我们又能怪谁呢？只怪自己生在了这个时代，看似一切都好，它却成了我们心中永远的痛，我静静地在一旁打捞着自己曾经遗留下的泡沫，那是教育在我身上印刻下的伤痕。

那急促敲击键盘的声音，噼里啪啦，噼里啪啦，竟彻夜未停歇。

网吧已经成了发泄压抑许久情感的场所，通宵只是一种泄愤的代名词。就这样告别了考试机器，我们成了游戏的附庸。通宵不但便宜，还能逃离白天生活的空虚，这是大学生活的真实写照，无聊的时候除了上网还是上网，就没有别的吗？对不起，脑海中下意识地回想了一遍，还真没有！

很久没有和同学那么激情地探讨过问题了，我们的大声探讨竟引起了旁人投来异样的目光，难道他们年轻时就从未如此激情过，还是他们的灵魂就从未被唤醒过？

每当我在仰望星空的时候总会忍不住感叹人类知识的博大精深，心中充满了对知识的无限渴求与向往。

还没学他便领悟了，因为这正是他长久以来所持续做的事。

大概是被原有的生活环境压抑了太久的缘故，在高考的最后一天结束后，几乎所有人都疯狂了，就像是被关了十年禁闭的犯人重获新生一样，我们真的自由了吗？

结束了高考，我们好不容易走出一个牢笼，又毫无准备地进入另一个牢笼。

我们将演变成为某种工具被强行纳入这个社会体系之中，我们不得不生存，所以身上挂着各种五花八门所谓鉴定着我们是否可靠的证书。

这理论课讲得简直不堪入耳，他就是在念书，我都快听不下去了，恨不得在上课结束前拍三下手，向老师喝个彩，致个敬。

放假了，空荡的教室最后只剩我一人，唯有窗外的雨滴声与我做伴，冷清的大学校园往往是最自由的，你可以在这里以你自己的方式充实地度过每一天，在自习室里与那些研究生挑灯夜战，专研自己想看却在平时没有时间看的书。我看见生活的意义在此间流动。

一个青涩的少女踏着小碎步行走在这个崭新而又陌生的校园

中，她用充满疑惑的目光四处张望，时而凝神，时而飘忽，这就是她梦寐以求的大学吗？对于她来说这里发生的一切都是新奇的，看着她兴奋的脸颊上洋溢着幸福的微笑，我希望眼前的一切不只是瞬间。

大学应该是弥补过去教育留下的空缺，而不是放大这种空缺。

犹记得那是一个中秋节的夜晚，月色朦胧，与几个同学相约外出小酌一杯，相互吐露着彼此的心迹。是现实让我们学会了狂放，原本压抑着的生命，也开始用迷狂来对抗渺小，人确实太渺小了，可至少我们还是自己生命的主人。所有人都在一杯接一杯地干，一口接一口地喝，直至夜深我们都不知自己喝了多少杯，年轻正当时。

马上就要回家了，我们都这样想着，但在回家之后我们又能做什么呢？过一天是一天的我们似乎从未想过，也没有人会提及这个无聊至极的问题，因为我们本身早已迷失在生活中了。

我的几个朋友都发信息来向我诉苦，实际上我也是一样，这个假期过得……可我觉得自己其实也不必太过自责，即使我的内心对生活充满歉疚，可一切都是时代使然的结果，我们是逃不出它的魔掌的，以此聊以自慰。

假期一过我似乎遗忘了许多东西。

年轻人就应该成长在两个环境中，一个是图书馆，另一个是图书馆以外的世界。

大学是可以放飞思想的地方，但高中却不可以。

这个时代我们已不可能将自己的想法强加于自己的孩子身上，现在看来是一件十分可笑的事，多元社会里应该任由孩子的天性发展，我们只不过要起到一个引导的作用。

抽烟这个举动对于一个青少年来说似乎是彰显自身成熟的存

在，这是一种不可抗拒的诱惑，他们渴望长大，渴望与同龄人加以区分，渴望给自己贴上成熟的标签。

“我真的快闲出神经病来了。”我的同学在一旁叫嚷着。我们并没有丝毫反应，我还在聚精会神地刷着手机，另一个同学戴着耳机不停地用手敲击着键盘。我们都是一副若无其事的样子，他显得更郁闷了，于是快步走了出去，一整晚都没有回来……

记得几乎每次上课他们都是喜欢扎堆坐在一块，而我似乎更擅长独处，基本都是一个人坐在前面，看来他们比我更害怕寂寞。

迷惘是这个时代印刻在我们身上的记号，所谓大学精神就是一种与世俗潮流相抗衡的力量。在社会权力体系下大学也成了一种强制教育。

极度机械化的记忆真的会把一个活生生的人整成一个傻子。

真正的天才是不会被扼杀的，随着时代而生，生活的苦难反而磨炼了他的意志，只是他注定与世俗格格不入。

国内的教材学下来整个叫你没想法，国外的教材学了让你的想法比书本上的知识还要多，这就是两种截然不同的教育制度的差异。

国外的教材基本是以提问的方式进行的，一本书有许许多多的问题，引发读者思考；国内的教材大都倾向于给予某种确定性的答复，全书几乎看不到一个问题，这就是国内外教材最大的分别。

有时在感叹，有些人确实不是学习的料，又何必硬要上个大学呢？白白浪费时间与精力不说，还浪费父母的血汗钱，难道都是被社会逼的？那些年轻富二代的想法真是不敢恭维，不过玩就让他们玩去吧！反正他们还年轻，还有青春可以挥霍，有些事急是急不来的，等到他们真正长大成人自然就会醒悟。要怪也要怪这个时代，是这个时代造就了他们，当然他们也要学会在这个时代中实现自我救赎。

我并不擅长考试，可它却试图将我打造成一台考试机器。为什么我们都纷纷热衷于考研、考公务员？因为我们根本无路可走，我们都是迷了路的孩子。

模仿是创造的必由之路，学习是贯穿其中的手段。从某种意义上来说，任何社会科学都不可能成为真正意义上的科学，而所谓科学只是一门应用工具而已。

如今大学教育专业化的倾向越来越明显，然而各个学科之间的联系也日趋紧密，已不可能是完全孤立的、封闭的，跨学科跨领域研究的重要性不言而喻，相信今后大多数创造创新皆会源于此。

技巧永远是经验性的东西，终究成不了科学，数学在自然科学的王者地位相当于哲学之于社会科学。

那些享誉世界的理论基本很少做实证研究，大都是纯粹抽象式的理论探讨。

身为游戏狂人的他早已习惯了大学的生活，甚至四年时间到了还想在大学继续待下去，竟有些依依不舍。“我们是迫于无奈才会被赶入社会的。”临走时他对我说。

人是过着两种截然不同生活的动物，在大学四年我见证了自己的堕落与重生。

我生来便是如此，现在还是如此，教育可以压制一个人的天性，乃至一定程度地左右它，却始终毁灭不了它，譬如有些人生来就是诗人、哲学家……

随着大学教育的普及，到了当今这个时代我们所面对的不再是一小撮精英，而是大多数人，还有广大普通民众，不要忘了，正是这些人决定着我们的命运、我们整个国家的未来。

在自习室看图书馆借来的非专业书籍总有一种违和之感，如同高中晚自修时看“课外书”的那种感觉，我竟有些鬼鬼祟祟，周围的环境使自己的思考也有些不好意思，遥想当年，一个人终身阅读的习惯就是那时养成的。

正是因为我发觉自己的所作所为与这里的环境格格不入，才识趣地离开了。我在其中感受到的是一种巨大的压抑，这种无形的压抑迫使人们做着他们本不愿意做的事，纵然在生活中大多数人根本不知道自己应该去做什么——显然我强烈地意识到这种压抑与我的天性相抵触，因此我毅然决然地离开了。

天很冷，风很急，此时的夜已经很深了，黑暗中还有一间屋子依旧敞亮着灯火，在夜幕的包围下，从远处看去尤为显眼，这里住着一群绝望的人，我曾也是其中之一。

从事学术——使人变得更为谦卑的一种职业，可能产生不了任何实际性的效果，与其他职业相比也绝没有任何高人一等的地方。但恰恰是它的谦卑使我顿觉这是一种更值得珍惜的奢侈。

当明晰了概念的定义之后再去使用它时，我就会变得谨慎许多，更有些迟疑。若是在过去，完全是不假思索地大范围滥用，此时我正考查着概念在实际运用中的正当性与准确性。

抱着一堆厚重的书，我在教室与教室间来回奔走，成为一名流浪者。

对发生在眼前赤裸裸的恶假装视而不见，并习以为常，这是我们教育希望培养出来的人吗？一种普遍性的冷漠，默认就是一种纵容。

教育永远是一个鱼和熊掌不可兼得的难题，但有一点可以肯定，在一个真正自由的社会中，人们有权利选择自己想要的生活，而不是一味地只能被动接受制度的审判。

在考上大学之前，他曾患有严重的上学恐惧症，对于学校的教育有一种发自本心的厌恶，他想走自己的路，屡次面临辍学的危险，最终还是不得不做出妥协，那是人上的学吗？犹记得开学第一天，每到学校门口就会感受到一阵令人窒息的压抑，一瞬间，眼前的世界仿佛变了个样，一眼望去都是黑白的，失了颜色的画面，即使再美味的饭菜吃到嘴里也是苦的。有许多凶神恶煞的老师，有根本做不完的作业，人为什么要这样折磨自我与他人呢？如今的他都能理解这一切，释怀所有，对学校的厌恶其实就是他对生活的厌恶，只不过他表现得比别人更敏锐、更强烈罢了。

在大学之中人与人的差异十分巨大，几乎没有任何共通点，其中有自然的差异，也有社会的差异，然而生活在同一所大学、同样的环境中，在某种不平等中成就了平等。

谁还会为了纯粹的读书去考研？如今的考研早已变了质，学院好似一座名利场，我看见许多人在其中争名夺利，斗得不可开交。

在人文学科中我们已不需要构建那些宏大的理论，我们需要的是能够真正解决实际问题的方法，对于这一点后期的维特根斯坦或许是对的。

有些理论还是不要走出象牙塔为好，有的一旦走出稍有不慎便具有毁灭性质，因此宁愿将其安稳地关在象牙塔里，与世隔绝起来。

“所谓的集体在此刻已经不存在了，以后我们每个人都必须依靠自己而活。”听到这席话的瞬间，有的人进入了天堂，有的人坠入了地狱。

在大学毕业之前我的生活几乎是静止的，如今我的生活仿佛每天都在流动。

互联网时代人们获取知识的渠道更加多元化，而不单纯依赖于读书，只要本人愿意，人人都可以受到同等的教育、终身的教育。可以预见大学教育终将会走出象牙塔，走向社会，这未尝不是一种教育公平化的结果。

母亲侧重前期教育，父亲侧重后期教育。

社会贫富加剧，阶层严重分化，如今的教育已然是不平等的，还有什么其他平等可言？因此穷人砸锅卖铁也要供孩子上学，他们这是为了给孩子多一点晋升的机会，尽管这种机会越来越微乎其微。

对于人的教育来说，不断地认识自己比单纯地学习知识要重要得多。

我的身体对某些机械性的知识有一种莫名的抗力，抗拒这些无用的知识进入我的身体。

在中国，大学之前是共性与基础的积累，到了大学以后就是个性与经验的发展了，教育没有好坏与对错，只有适合与不适合。

我看见书桌上放着一本《走向成功》，绿色的封面是如此之熟悉，我知道他们正在经历着什么，几十年了都未曾改变，那些经历过的人真正走向成功了吗？

很高兴遇见并认识了你们，在人生最美好的时刻，一起相濡以沫共同生活的那些年，如今它已成为我记忆深处最珍贵的回忆。

任何无法原谅的事，发生在天真无邪的孩童身上我们都可以原谅。

没有这种种机缘我这辈子也不会认识你们，感恩与你们的邂逅，你们让我看到了生活的另一副面孔，使我拥有了与众不同的生命体验。

别以为你有幸养育了他就可以成就他，相反如果教育不当，他的降临可能是某种灾难。小时候的引导离不开偶像，孩子的成长需要一个富有人格魅力的偶像，有了这个偶像他才能明白自己应当成为一个什么样的人。

要让孩子自己点燃希望，否则大多数家长满心期待，却无一不是失望而归。大人在教育小孩的同时，却忘了自己也是同样如此，甚至有过之而无不及。

高考之前人过的是一种确定意义的生活，高考之后人过的生活不再是他人帮你确定的，而是你自己认定有意义的生活，人生的荒与谬便由此产生。

回想起大学时代，哲学课是我最感兴趣、最渴望上的课程，犹记得大一在深夜里买醉之后便去网吧包夜，第二天背上背包便兴致盎然地去上哲学课了，这是一种什么样的生命体验？我看见自己在极度的空虚痛苦与反思中轮回。

死记硬背并不是我的专长，我的脑子根本记不住，乃至排斥依靠这种方式获得的知识。我不知道学习哲学可以怎么做，我只知道将我所阅读到的哲学形成完整的生命记忆体验链，这才是我所认识的哲学，每一次阅读都是一种重新的生命体验。

大学的前两年我还生活在高中的阴影之下，如今我已把自己彻底解放了出来，这是因为我见得多了，经历得也多了。说到当时的旅行，这是我灵魂的前行，我无法阻止自己前进的脚步，因为自己渴望解开生命的谜团。经过这几年我确实成熟了许多，不会再为某些事而疯狂了，因为疯狂的年纪早已逝去，旅行的脚步也戛然而止。如今我已然身在国外，一切变化得太快，可我还是我，依旧与自己谈着心。

孩子带给大人无限的念想。必须承认，我是很喜欢天真无邪的小孩的，甚至可以整日观察他们在干吗，不厌其烦地与之玩耍，在意识与无意识之间，仿佛沉浸在一种莫大的人生乐趣之中。

一个北大博士毕业后进入了社会可能不再读书，也没有了任何梦想；一个只有小学文化的人进入了社会可能一直在坚持读书，并拥有一些尽管在他人看来有些遥不可及的梦想，这并不妨碍他们各自接触到想接触的东西。这个时代没有壁垒，所有门都应当是敞开的。

作为文化理应走出它的象牙塔，走出去，走向普罗大众。我们不应该特意搭建一个小屋使之幽闭起来，故作玄虚高深之状。

罗辑思维把原本无形不可量化的知识变成了吃饭、睡觉一样的必需品，并且定量供应，以保证人们日常生活所需的给养。

现在的概念就如同这个世界一样杂乱无章，我们的个人偏好仿佛可以任意左右着这些概念。而这从一定程度上对现实世界带来了某种潜在性的危险，我们自顾自生活着，却对其一无所知。澄清概念与防止概念的滥用是如此重要，它有助于我们更准确合理地把握现实世界，并对现实世界提供某种方向性的指导。

知识重来就是重复重复再重复，我们从小所受的教育告诉我们就是如此。

他在不知不觉间已将自己的孩子打造成了另一个自己。

学生时代就应该在没有任何现代技术的干扰下，匍匐在书桌上贪婪地阅读着每一本你所感兴趣的书。

说到原生家庭的重要性，其实人的成长与生活始终逃离不出自己家庭环境的影响，这种本质上的东西是无法洗脱与彻底改变的。子女对父母的认知会随着自身年龄的变化而变化，这也是人成长的一种表现。

小时候我是他的玩伴，长大后我成了他的朋友。

从小培养孩子对自然的感受力、对人的感受力，才不会造就一个冷漠无感的人。

感觉与体验

现实在眼前纵横交错，使自己感到茫然失措。

入夜了，忙碌的人开始停顿，停顿的人开始忙碌。

无所事事的感觉是最让人难受的，但不会痛苦，就好比快要窒息一样，却怎么也死不了。

阳光，我渴望阳光，更多的阳光，白云飘飘，请不要遮挡我的阳光，因为阳光给我带来温暖，带来灵感，带来希望，带来生活的意义。生命本应该沐浴在阳光下，纯粹而精致，展现出原初的美丽。

沉默并不意味着无言，只因此时无声胜有声。

在绝大多数情况下，人不是自己想要去做某事的，而是被大环境操控着去做某事的，看见身边的每个人都在做，自己不做会觉得过意不去。

每一次生命的悸动，每一次灵魂的触动，都是人生中最美妙绚丽的时光。

入夜了，深夜，这黑夜出奇地静谧，只剩下一轮弯月悬停在半空中，仿佛对我述说着哀思，黑与白的差异有时只在一线之间。

我怕对这个世界爱得太过深沉，经受不住生命的短暂与脆弱，用心去感受夜幕与星空，以求内心的丰富与安宁。

对于任何网络购物狂欢节，如果不买点东西，总觉得自己过意不去，有时哪怕仅仅是想意思意思，为了获得某种程度上的存在感与参与感——于是网络购物狂欢节最大的功效便起到了。

请珍惜他人给予你生命中的每一次感动，这些都是灵魂最美妙的乐章，随着一个人年龄的渐长，这种发自内心本源的触动便会越来越少，早已习惯的我们，麻木的心灵再也唤不起曾经的感动。

仿佛有着做不完的事，不断闪现的片段，我的脑子都快乱套了，夜越深越忙碌。

走走停停，停停走走，究竟是谁在等待？即便无望也要坚守到最后。

在大人面前，过去的我总被说成是个小孩，现在的我反倒期望自己是个长不大的小孩。

一个人就这么消失了，没有人会有任何记惦，消失的人何必再寻找？他就这么凭空消失了，没有任何音讯，无声无息，直到有一天他竟奇迹般地突然出现在众人面前——别人都以为他死了，没想到，他却比任何人活得都好。

看着车窗外的风景，眼神逐渐迷离，呼啸而过的是我回不去的念想。我始终相信人有第六感，这世上有些人可以感觉到他人感觉不到的存在。

更为持久的缄默意味着下一场更炽热的爆发。

这个世界总有许多夜猫子，我看见夜色中一双双富有灵性的眼睛在闪烁。

往往梦寐以求的事看起来都会十分可笑。

这个世界没有如果，就是已经发生的事构成了如今的现实。

十月末，北方的冬天确实冷得出奇，作为一个土生土长的南方人，的确有些受不了，这样的天气只适合待在屋子里生火取暖。大冬天真是说来就来，转眼窗外就飘起了纷飞的雪花。

西山，夕阳，一个人，伫立在窗前，默默地抽着烟，烟雾缭绕，氤氲弥漫，一根缓慢燃烧的烟头竟带给人如此多的浮想，在烟头燃烧殆尽之时回忆却仍未停止。

如今的这一刻，偌大的图书馆只剩我一人，只剩下我与我的书。窗外的星光还在为我点着灯，我依旧过着自己的生活，我并不孤单。心里头突然涌现出的羞与悔，从无到有的隐秘，那是人与自身道德层面的反思。

可能我们彼此都太“忙”了，甚至没有片刻喘息的机会。

把一切破坏过去却被公认为美的行为称为搞笑。

空虚的可怕在于将所有不同类型的人都聚合在了一起。

黑白颠倒的日子又将重现，我没有理由拒绝这一切，今日的黑夜已化为明天的白昼，我对时间早已失去了知觉。

脚踏着深黄色的土地，那不是沙，那是来自高坡的黄土，像沙一样的泥土，与周围农民眼睛一样的黄。

今夜天空又飘雪了，雪下得好大，几乎把整个世界都湮没了。在一片雪白之中，我看见你从寒风中走来，在唯美纯洁的灯光下散落，停靠在我的身躯上，慢慢融化进我的心里，这是你最深情的温柔。

我的心很冷，像北方的冬天一样冷。北方的冬天真的很冷，尤其是清晨与夜晚，寒气透进了骨子里。

昨日承受的痛楚今日还在延续，只是这一切发生得不知不觉，它隐没于现实，显现于心。

连绵的雨夜是送别离人的眼泪。

如果能看尽日出日落，对于一个生命来说已足够。

如果你真的想知道我在做什么，那就请随我进来吧！静谧的森林深处弥漫着安详……

我知道无论我做出何种举动都改变不了现实，我只是想让这个世界暂时安静下来，能静静聆听自己内心的声音。可怜我们的生活始终被繁杂与喧嚣包围，灵魂在其中片刻不得安宁，我们的声音被湮没于尘世之中，人的存在竟是如此艰辛。

小鸟清脆的鸣叫声似乎让我的心境暂时恢复了平静，遥望窗外的阳光，我一直都在试图入境，入个人的存在之境。

从孩子们身上，透过他们一双双天真无邪的眼眸，我看见了最真实的自己，而不是被游戏枯竭了的心。

似乎已经很久没有起过大早，走出去，感受一下屋外的清新空气、明媚的阳光，还有那怡人的景色。我忽然想起了枣园里那个无比美妙的清晨，我独自在田地间漫步，一切是那么惬意，那么自然。忽然之间我似乎想起了什么，忽然之间我又什么都不记得了，但这又有什么关系呢？我所在意的只有眼前的一切。

总感觉缺了点什么，却又说不出口，那是最难受的，于是我来到了这里，反思过去所经历的一切，治疗生活在我身上留下的创伤。

心情郁闷的时候，抬头仰望一下天空吧！至少天空对于我们每个人来说都是同样宽广的。

流动的水是富有生命力的，就这样川流不息，不舍昼夜。

我喜欢水，对它抑制不住内心的溢美之词，在我眼里水是富有灵性的，我可以静静地待在它身旁一整天，而不感到丝毫的厌倦。正值盛夏，此时河面上凉风习习，水在我面前清澈如镜，忍不住啜上一口，顺手轻轻一挥，泛起涟漪一片，转眼间水花已消失不见。

看来我确实把乡村生活想象得太简单了，农民一直都是很辛苦的，头顶着烈日，脚踏着黄土，整天忙上忙下，全都是为了生计，不劳动吃的粮食从哪里来？农民的疾苦我适才体会得到，乡村生活的清闲看来只属于我一人，生活在此地我不禁有些惭愧，农民一年四季都在辛勤地劳作，却还在为家庭的生计犯着愁。

在一间空荡的房子里，我焦急地等待着，我在等待着一声清脆的敲门声，门外细微的动静足以惊动门内的我，使我的灵魂瞬间出窍。此时脑海中闪烁过无数个念头，我依然焦急地等待着，我知道自己会立马放下手头所有的工作，一定会随着敲门声而去，没有什么比它更具有诱惑力。言语了半天，实际上我也不知道自己究竟在等待着什么，只是渴望着它的出现，难道我会这样一直等下去？其实它与我一样。

一个食堂的厨师，每到午后都会习惯性地一个人蹲在墙角，一边看着人来人往的风景，一边默默地抽着手中的烟，摆出一副若有所思的样子。他喜欢这样在忙碌之后来到此地，既可以消磨琐碎的时间，又可以享受生命难得的清闲——即使只是片刻，而后他又将投入忙碌的工作和生活中去。

在灯红酒绿的大都市里我以迅疾的脚步行走着，周围的事物对我来说都是浮光掠影，此时我的内心油然而生一种奇异的陌生之感，我似乎从来就不是这座城市里的人，这城市里的一切都与我无关，我只是一味地行走着，并试图加快自己的脚步。

我希望自己在每个阳光明媚的午后，站在窗台前试着与上帝一起思考。一束光影从脑海中一掠而过，随之便又陷入了无尽的黑暗。

在跑步的时候我们通常习惯顺时针跑，长年累月就成了自己不成文的规定，偶尔一次我跑了一个逆时针，突然发觉这个世界是崭新的，原来一切都会变得不一样。

日子过得十分恍惚，一条街我竟分不清东西南北，只是一味地向前走，直到走入一条死胡同为止，才想到转身，又折返入另一条死胡同。看着那些绚丽夺目的灯火我才发觉自己原来还身在城市里，匆匆忙忙地归来，匆匆忙忙地离开，什么也带不走，什么也带不去，如同我的人生一样。

行走在阡陌交错的田园，我听见了蛙声阵阵，闻见了稻香扑鼻。我喜欢行走在稻田里看着麦穗与人齐高的感觉，头顶上的蓝天、白云在飘动，此时的大地与我如此亲近，仿佛将我整个人揽入怀中。

在茫茫人海中，我们因邂逅而互相铭记，我们因离去而各自消失，邂逅的魅力不在于长久而在于瞬间。

偶尔回到老地方走一走，感觉小时候的时光还是很开心的，而如今我们已经老去，看着一代又一代更迭，而他们早已失去了我们小时候的童真，一个个都只会乖乖地坐在电脑跟前，用双手熟练地敲击着键盘与鼠标，随身把玩着手机——电脑和手机已成了这个时代的孩子唯一的乐趣。

快感永远是和虚无并存，从一个人的快感到两个人的虚无。

上着网，抽着烟，听着音乐，找一张椅子随意躺下，对着窗外的夜幕凝视着——他在品尝独自回忆的乐趣，直至最终闭上了眼。

清晨一出门便是那般美轮美奂、如诗如画的风景，这是我一辈子未曾体验过的，我的心情不自觉地随着自然而舞动起来。

临别之时总是习惯去看看那些老朋友，心里才会觉得踏实，往日的朝夕相处化为真挚的深情厚谊，告诉他们我还会回来的，却不知何年何月。

游戏玩得天昏地暗，仿佛我已经默认了这一切，就像我渴望喝酒迷醉一样，我的内心似乎由于某种东西而刺痛着，我愿用长时间的沉睡来换取更加清醒的思考。

看着顾客吃得那么香，这对于饭馆的老板来说也是一种莫大的幸福，幸福本身是会传染的。

当自己的隐秘被他人发现之后，我感觉自己赤裸裸地暴露在他人的视线之下，一种极度扭曲的痛苦油然而生。

令人尴尬的欢声笑语响彻了整个空间，我感到一个时代的没落与另一个时代的开启。

在生命行将终结与未竟的事业之间，面对一无所成的事实，这种虚无与荒谬始终困扰着活着的我们。

我突然意识到，在这里时间待得越长有些重要的东西就会离我越远，我决定是去还是留，我还可以挽回吗?

无论沦落到什么境地我都坚信那里有一块闪闪发光的金子，只是现在的它沾满了灰尘。

我意识到我在这里所经历的每一个片段都是在我过去不曾经历的，我虽无法记住这里所发生的一切，但那种感觉，难以言喻，犹在心中荡漾，是上帝把我带到了这里，此时此刻我满心感激。

昨天几乎下了一夜冷冰冰的雨，它淅淅沥沥地敲打着地面。清晨久未露面的太阳终于从东方升起，我只身沐浴在阳光下，感觉分外温暖和煦，顷刻间驱散了堆积在四周的寒冷。放眼望去，树木花草，面前的一切都显得那么生机盎然，这个世界太需要阳光了，而不仅仅是我自己。

虽然身处此地，可我的大脑却在不断模拟着另外一处的景象，我开始不知道自己究竟身处何方。

每天都充满着饥饿感，对知识也同样如此，我喜欢过这样的日子——充满生命力的日子。

看见老朋友在那儿，只想过去跟他说上几句话，哪怕是寒暄上一两句也好，人是为他之在（因为他人而获得自身的存在感）的动物，如果这个世界上的其他人都死了，那么一个人活着也就失去了意义。

在这里你所看到的、所见到的一切，实际上只是雕镂在纸面上的浮华，轻轻一捅就破，再高明精巧的虚假，最终也还是要回归于真实。

黎明来了，可黑暗还没有褪去。

我的大脑有时就像个无底洞，每天我都需要给它喂各种各样的食物，以保证它的营养供给，但它是那么的贪食，仿佛永不知足。

我渴望阳光，用身体亲身感受它的温度，明媚的阳光可以驱散积郁在心中的虚空，我感觉到自己的生命如同烈焰般熊熊燃烧，这不禁让我想起一句话：天行健，君子以自强不息。

每天都浸泡在里面，即使是块坚硬无比的钢铁也该熔化了，何况这还是块富有弹性的海绵，源源不断地吸收着属于它自己的养分。

走到巷口，便看见那盏昏黄的小灯，它在黑夜中永远明亮着，恍惚间唤醒了尘封已久的记忆。穿过小巷，朦胧的灯光，倒映出我走过的路与背影，越拉越长，迷离间原本一片空白的生命仿佛也有了颜色。

只有当我们跳出持续进步的幻觉返回自身时，才能清醒地意识到面对这个世界我们知道的永远是那么少。

一天你突然发觉自己所过的生活完全是建立在社会不平等之上时，你就再也开心不起来了，所谓的幸福也烟消云散了，于是深深为此苦恼不已，我不禁想起了托尔斯泰。

充满饥饿的感觉真好！保持旺盛的食欲是一个人富有生命力的集中体现。

越贴近虚假，越感觉真实；越贴近真实，越感觉虚假。

在这里没有人认识我，我也不认识任何人。

冬日里的午后总是令人困倦的时分。

北方的冬天寒冷异常，屋外将近零下二十多度，只要站出去几秒钟就会让人哆嗦得受不了，还好有户人家生了个炉子正烤着火，炉火熊熊燃烧，照亮着四周，更温暖了人心。窗外夜幕已至，主人不断用他熟练的手势添换着炉里的煤炭，此时炉火烧得更旺了，一个女人从屋内缓步走了出来，手里抱着一个还在襁褓中熟睡的婴儿，我随手与她打了声招呼，便与主人各搬一个略有些老旧的木质小板凳，围坐在炉火旁，彼此沉默了半晌。他终于还是忍不住开了口，低声细语道："我们今天的话题是……"

该走的人都走了，如今只剩下些不熟悉的陌生人，对于这里的过去他们一无所知，是时候该走了。

我像一只慵懒的猫，在温暖和煦的冬日里俯身在书丛中，不知不觉竟睡着了，这世上最美妙的事莫过于此，就这样懒洋洋地睡上一觉，睡得我口水都渗漏了出来，怎能叫不幸福！

人生最惬意的事莫过于对着明媚的阳光、蔚蓝色的天空陷入恒久的沉思之中。

我忽然发觉观察日出日落是一件十分有趣的事。日出日落相当于人生最重要的时刻，而这往往被大多数人忽略，每一天的黎明与黄昏不就象征着生命的出生与死亡吗？如今夜幕已至，我也该出发了。

他不喜欢太摩登的地方，因为这会让他这个"古代人"有一种疏离之感。

当费尽千辛万苦终于找到这本梦寐以求的书的时候，我忽然发觉自己已经没有心思再去读这本书了，寻找的过程耗尽了我的心力，时间仿佛停留在寻找之前……

太阳落晚了我便晚归，夜幕降临了便是我重新出发的时刻。

一个陌生的大都市里，他在最繁华的地方竟迷了路。

在温暖明媚的冬日里手捧一本最心爱的书籍，用惺忪的眼神凝视着它的婀娜多姿，此刻我的心早已沉醉，不知不觉竟来到了另一处梦乡。

看车厢内人来人往，风景在窗外不断更迭，时间仿佛停滞，失去了所有念想，恍惚间我默默闭上了双眼，天空明亮如曦，湖水清澈如镜。

冬日的午后一个人安静地坐在咖啡馆里，屋内正放着轻音乐，节奏舒缓。遥望窗外，看着路人行色匆匆，我忽然想起了在国外的某个地方，也发生着相同的故事，只是不同的人、不同的风景。

明朗的夜空忽而划过一颗流星，我的眼眸尽闪耀着遗落的余晖。

黄昏，静静地等待夕阳的落下，在傍晚的暮色中继续前行。

每每来到黄浦江畔，我感觉自己与这片母亲河紧紧融为了一体，每一次呼吸，每一丝波澜，每一声汽笛，都是那么的熟悉，此时此刻我忽然明白，自己早已离不开她。

水，灵动的水，寓意着生命，在阳光下泛起波光粼粼。

寂静，一切都显得格外寂静，环顾四周，空无一人，眼前空荡的房间仿佛预示着什么，可此刻的我却什么也想不起来，抬起头凝望着天花板，脑海中依稀浮现出当年的模样。

他不喜欢拆迁，由此永远地丧失了回到童年故地重游一番的最珍贵的生命体验。

北方大冬天，天寒地冻，每天只期望来上一碗热腾腾的牛肉面，那种幸福四溢的感觉，仿佛这就是整个生活。

我很饥饿，也很贪食，我已经摄入足够多了，但总感觉自己的身体在抵抗着什么。

失去的东西还能找回来，重新拥有，这不得不说是一件莫大的幸事。

拿到自己心仪的车与拿到自己心仪的手机一样，再没有真正拿到之前的心怀激动与喜悦。

每一个人的生命体验都是独特的，是他人无法复制的。很多人只要不在一起共同生活，平时相处交流还是一件很有意思的事，都可以成为很好的朋友，这种友谊或许比爱情更为长久。

灵感转瞬即逝，是无法重复验证的，这就是我为什么要拼命捕捉记录下每一个瞬间。

没有了隐秘这个世界会变得索然无味。

顶着凛冽的寒风在太阳落山之前我必须回到那里。

意外总是来临得毫无征兆，无声无息，有征兆就不是意外了。

世界原来不一定要用看，也可以用听，用心倾听可能比眼睛看到的更真实。

我现在就像一只失了引线的风筝，随风飘荡在空中。

和低俗的人谈论某事，只会让自己更低俗，此时此刻唯有沉默才是最好的言说。

有人欣喜，有人厌恶，雪在每一个地方呈现出不一样的状态。

我不能复述他的语言，但是我比谁都明白他的心思。

生活已经压得他快要喘不过气，即使已经是白天，四周都是光亮，但他还是看不到太阳。

人卧躺在床上，感觉自己就像寄生虫般寄生在这个世上，不过冬天快要到了，又要开始习惯性冬眠了。

整整一天时间我活得盲目而又疲倦，于是我昏睡了过去，等到再次醒来，其实什么也没改变，只是感觉我的头脑比之前更清醒了一些。

这个世间最幸福的事莫过于一个人独自在冬日温暖的阳光下一边读书思考，一边体验这个世界，周围安静得没有任何打扰。

一个词总是被我遗忘，又时常被我想起，如此反复，散落于我的生命之中。

适度的交谈可以使混乱的大脑暂时变得清醒一些。

我喜欢阳光——那种阳光晒在身上暖洋洋的感觉，每当晴空万里、风和日丽之时，我就会迫切地渴望外出，荡漾在阳光下，用身体感受大自然真正的温度。

太阳快要落山了，周围的空气开始逐渐变得阴冷起来，马路上的行人匆匆，大家都在快步回家的途中。我凝视着夕阳的余晖，阳光又要再次离我而去了，一声叹息之后，不知何时再能相见。

故地重游，人生又能有几次，感叹生命太过短暂与脆弱。

脱离了那个我们曾经共同生活过的环境，几年没见，我感觉自己与他们生活之间的差异是越来越大了，彼此竟像是生活在两个完全不同的世界之中。

每个阳光灿烂的下午我都能安安静静地在这里躺上一天，这种消磨时光的方式是我所喜好的，我不会因此而觉得自己虚度了光阴。

看似欢快的旋舞曲中潜藏着多少悲伤与寂寥，那是眼泪流落的前奏。

冬天已过，太阳开始变得灼热起来，在空气中我仿佛嗅到了一丝夏天的味道。

看到莫高窟你就会真切体会到人类的渺小与挣扎,不甘于平凡,最后归于平凡。

年轻时蓄须是为了彰显自己更加成熟，中年时剃须是为了显得自己越发年轻。

深渊就是要让人一步一步沉沦进去的，直至无法自拔。

就单从人的肉体来说，当看到一个年轻人的时候，你会本能地厌恶另一个衰老的肉体，如同感觉快要死去似的，即使它离你其实也很近。

对于无法辩驳的事，他权当是在听笑话。

有时大海和沙漠一样——相似的两片荒漠，让人同样感觉到凄凉。

神秘是出于断绝，连续不存在神秘。

难得一次天降瑞雪，内心有一种莫名的兴奋之感，倘若每天看到的都是白雪皑皑，一眼望去永远是白茫茫的一片，那是令人看不到尽头的绝望。

南方，一场意外的鹅毛大雪与有限的生命相遇了，每个人都在庆幸着属于自己的小幸运。

无论我昏睡了多久，我的白天永远是混沌的，只有在夜里才会变得逐渐清晰起来，越夜越清晰。

这世间本没有后悔药，我从没有后悔过自己做的那些事，一切都是值得的，并不需要去刻意回避，没有什么是不可以述说的。我清楚地知道自己在做什么，曾经被封存记录着的点点滴滴，而今都化为了我独特的生命体验，是我一辈子挖掘不完的瑰宝。

大街上身旁的人很多，很拥挤，可他却发觉自己是一个人。

思虑过度的头脑会因窒息而短暂陷入休克状态。

昨天饭后在大街上闲逛，突然遇见一对盲人夫妻，两个人相互搀扶着肩并肩行走，视力上的某种残缺对他们的生活确实有着很大影响，但生活并没有击垮他们，他们依旧十分坚强地活着，即使什么都看不到，只有一丝微弱的光感。看着他们远去的身影，我竟想到了自己的生活。

这里的土地虽然贫瘠，可他却呼吸到了自由的气息。

当来到一个地方时，我就想留下或者逃离它，我内心的声音告诉了我。

“这里有人吗？有人吗？”我如此深情地呼喊。“有。”突然在角落里听到一声低脆的声音，可是这个声音始终没有伴随着人影出现。一个人真的很寂寞，在无尽的黑暗中，渴望着另一个人的出现。

深夜，夜深，一个人沉下心来，小酌一杯酒，点上一支烟，读书、写作、冥想，这竟也成了一种不可多得的享受，它是我们这个时代的奢侈品。

相反不一定是截然相悖的，可能是同一种选择的不同种方向而已。

孩子们累了就让他们尽情地睡去吧！看见孩子们最自然无邪的睡姿、最天真纯洁的脸庞，我想这就是世界最初的样子。

只有在静谧之中才能得以深思，浮躁的心永远无法到达彼岸。

事业与工作

一个伟大的企业家除了对生活始终保有激情和高超的演讲能力之外，还有更为重要的东西，就是反思自我、反思生活、反思企业、反思世界的能力。

摆脱无聊的方式总是令人感到厌倦，就让我们全身心投入某种富有意义的工作中去吧。

对于从没有做过的事一开始总会变得有些艰难。

现代人对身份的焦虑呈现出对自我身份的模糊化，我们不知道自己要从事何种职业，在这个社会如何定位自己，这也直接导致了自由职业的产生，自由职业是建立在一定物质基础上的。

不是说出了问题我们再想怎么去解决，最好的方式是未雨绸缪，防患于未然。

有种成功只可能发生在少数人身上，对于普通人来说它是一种极度危险的诱惑。

增加专注力，有助于我们在一个不确定性的世界做出最明智的决策。

企业最重要的财富就是人，企业没了，人还可以去创造，而人没了，企业再大又有何用？失去了核心竞争力，总有一天会走向穷途末路。

财务极度不健康，完全是依赖外部的输血，根本没有自我造血功能，这样的家庭与公司，其结局可想而知。

没有在悬崖边走过哪知道平地的安稳，创业的必要条件就是首先要使自己变成一个 Superman。

当产生矛盾的时候，我们需要去寻求一些能够适时妥协的方式，而不是进一步去激化矛盾。

宝剑的锋芒是无法被掩盖的，被掩盖的只会是宝剑本身。

经营自己的人生如同经营一个企业一样，如果你不主动去经营，那将会是一潭死水，而经营自己的人生不但承载着至亲至爱的希冀，而且更是一种对自己生命义不容辞的责任。

做个企业家真的很不容易，因为他不仅要有企业家的魄力与能力，还要有政治家的敏锐与远见。

终于将手头的事全都忙完——似乎每天都一样，有着做不完的事。洗完澡，换完衣，安静地躺在床上，感觉自己为了赚钱活得太累了，难道是自己逐渐迷恋上了这种赚钱的感觉？人纯粹是为了赚钱而活，还是彻底沦为了金钱的工具？

原本极度自我的人由于太匆忙而失去了自我。

对于年轻人在创业初期是不是要加高杠杆的问题，我的答复是：可以适度地加一些自己所能承受的杠杆，不过要因人而异，对于自己懂的行业要尽量放开胆子干，本身就没有退路，何来死路？原本就一无所有，何来后顾之忧？年轻人尽可能放开手去闯去干吧！未来本就属于你们！

只有工作才能使一个人成为完整的人，这不仅是因为工作可以使人享受全身心的投入与赚钱的乐趣，更是因为人有社会性的需要。

一味地追求极致与效率也就意味着离自我消亡已不远了，解决了科层制的时效性与持续性难题是一个组织能够长治久安的根本保证。

建立起一套稳定可持续的精英循环模式是制度永葆青春的秘诀。

为了保证核心最高层的影响力与控制力，我们要将权力渗透进科层制的每一层级，形成一张无处不在的网。

在制定一项政策时，我们必须考虑到其实施以后所牵涉的方方面面，政策的制定已不能局限于某个单独的领域，更多的时候是环环相扣的，具有多米诺骨牌效应。

企业除了生存盈利之外，还需要创造价值，这就难上加难了。我们允许细节上的失败，但绝不允许战略上的失误。

无为而治不代表不作为，而是延续过往的作为，正所谓有所为有所不为。如同绝大多数人一样，绝大多数企业都活在过一天是一天的浑浑噩噩之中。

每一次谣言对企业来说都是一次提前了的考验。

不能因为你一个人的失败，就去全盘否定那些尚未尝试并渴望成功的人。

内心再强大的人也会存有深深的畏惧，因为他明白自己与自己的企业终有一死。

由于文化与体制具有差异性，不同地域的企业经营模式自然也不一样，一个是私有国营化，一个是国有私营化。

寻找合伙人不是要找那种无话不谈的朋友，而是要找那种能够在关键时候帮你做出决断的人。

任何事想要做好都是一门手艺。

重复不是相同，而是不同，最多仅仅是类似而已。

一个不学无术的人是不可能成功的，要知道纯粹凭借运气侥幸地成功并不可持续。

显然只靠一个人支撑的企业并不是一家好企业，真正的好企业是：纵然公司的主心骨离开了，公司照样在转。

这个世界不是在比谁活得更强，而是在比谁活得更为持久。

在穷困潦倒的环境中反而能成事——不得不去做那些事，因为已经没有了退路。

永远不要把希望全都寄托于一个莫须有的人身上——指望一个人去力挽狂澜，这并不现实，也是十分危险的。

一个企业如果没有对未来有所预见，没有建立远大的理想，只满足于活在当下，就不会太长久。

做人善始善终很难，做企业善始善终更难。

任何以高息支撑的企业都不会持久，因为其一开始便走入了死胡同。

在身陷囹圄失去自由的那十年，他失去的是整个时代。

一个人成功的可能性取决于你所投入的专注度。

记忆与时间

偶尔回想起过去的陈年旧事，曾经的疯狂，而今只换得微微一笑。

记忆是碎片化的，不像故事具有连续性。

年轻人常谈论未来，老年人常回忆过去，感觉作为年轻人还是少回忆，因为人一旦回忆就会显老。

我本身就是一个无比怀旧的人，人活着只有自己的过去时时陪伴着自己，岁月越久远，回忆越香醇。

有些东西潜藏在记忆之中，我真的不敢去触碰，生怕自己会深陷其中再也缓不过神来。点点斑驳的记忆闪烁在脑海，起舞弄清影，瞬间湮没于傍晚的夕阳之中。

记忆早已随时间的流逝而被逐渐淡忘，那是我一段一段真实的过去，待我将它们慢慢唤醒。

夜幕已降，星空灿烂，无限怀念曾经逝去的似水流年，如今的我只能独自在记忆深处追寻。怀念过去如同怀念着自己，是我的内心渴望回到并过上一种本真生活的状态。

如今回想起青春岁月，不正是那些曾经被我们“虚度”的光阴所拼凑成的东西吗？等老了之后就变成了回忆。

时间如此地具有魔力，并充满戏剧性，总会把两个陌生人变成熟悉的人，然后再把两个熟悉的人变成陌生人。

时间一点一滴地流逝，写下我的无悔；回忆越是遥遥无期，记忆也就越模糊。

“这已经是很久以前的事了”，我们一直在用这句话，我们在不知不觉中老去。

时间是一个奇特的东西，短时间会感觉很长（度日如年），长时间会感觉很短（度年如日）。

纪念是为了忘却，忘却是为了纪念，他人记不记得不重要，只要我记得就已足够。

当我仔细审慎地翻阅昔日写下的随笔的时候，除了那些近乎遗忘了的思绪，还有对青葱岁月满满的回忆。

故事总是正叙，回忆总是倒叙。

人类的记忆是如此玄妙，认识得越早，记忆的时间也就越长，随着年龄的增长，最近认识的人将会首先从记忆中消失。

由于不断地逃离现实，他彻底变成了一个活在记忆里的人，或许只有依靠回忆一个人才能得到真正心理上的安慰。

时光荏苒，岁月如梭，我只是隐约感觉到了它的脚步声。

记忆散播在我的脑海，等待着有那么一天我将它彻底唤醒。

这个地方发生了太多太多事，在我的记忆里不断流动，从过去到现在，从现在到将来，是这股意识流构成了现在的我—— 一个真实完整的自己。

生活使我几乎遗忘了时间的存在。时间在没有过去之前就感觉过得很慢，时间一旦过去之后就感觉过得很快，时间是需要一个点作为参照物的。

我想让时光就这样流，一直流到它的尽头。

我们生活在时间之中却遗忘了时间本身，我们的生命是没有意义的。如今我不知道用什么词来形容自己、形容自己的生活，只是我还活着，当我意识到这一点的时候，我的内心才有些许平复，不再因过去的种种而感到痛苦。

人总有一种杀死时间的冲动。

未来对于一个人来说应有无限可能性，只有这样才有希望的存在，一切都是被支配、被安排的未来还有什么意思？有人却拿着这种可怜的未来引以为傲。

有些东西失去了便真的失去了，永远也回不来，人是可以依靠自身的回忆去寻找过去的，但所找到的只是感觉遗留下的残片，再也拼凑不成一个连贯的整体了。

人的记忆也是一种无形的权力，人年岁越久，记忆就越深，也就会越显得有序、稳定，并趋向于保守。因此，人除了出生的一刹那什么都不知道以外，始终在与自己的记忆做着斗争。

一个人的记忆构成了他的一生。

曾经的画面一幕幕在我脑海中滚动，我在回想过去所经历的一切，浮现出记忆的碎片，一片一片依旧清晰可见。窗外夕阳已落，晚霞将至，随着时间一步步推移，这些记忆也与我渐行渐远，我收起行囊，静静地享受着这片刻的安宁。我忽然意识到在我内心之中始终挥之不去的是那份早已隐没的情感，它像这斑斓的余晖一样永远照耀着金色的大地。

只有下了雪的北方才是我所认识的真正的北方，记忆中那里曾发生过许多事情，随着雪花一片片从空中散落，我脑海中的记忆也开始渐渐模糊。

唤醒我们遗忘在记忆深处的东西，有助于重新认识我们的现在。过去并非真正过去，我们现在还正与它打着紧密的交道。

不要天真地认为你可以摆脱过去，在如影随形的时间陷阱中，重蹈覆辙并不是一句玩笑。

记忆在前者中形成、在后者中强化，然而强化的最终结果却是遗忘。

我知道我曾来到过这世间，此刻只有我的身体是我自己的，我的记忆很可能都是别人的，一切都显得那么的似曾相识，人们却早已将它遗忘，也许人的存在仅仅是个玩笑。

坐在这里我仿佛又回到了熟悉的过去，同样的时间、同样的地点、同样的人与物，我看见了时空在我面前交错。

离别只会进一步加深人的记忆。

来到此地就好似走进了一扇记忆之门。

许多年后，当我再次看到她时，我已无法辨认她，那个隐匿在记忆深处我所认识的她。

人对永恒性的渴望转变为他人的记忆与历史。

我们可以回到过去吗？每一个过去都是无法复制的，或许只是一个念想而已。

要始终清醒地意识到：当下所发生的一切将会成为过去。

当你无法理解的时候，更谈不上从何记忆。

回忆跨越了亲情、友情、爱情的界限，穿越时空来到了另一个世界，我自己仍浑然不觉，劳烦请告诉他们：“我无时无刻不在想念着你们。”

老人的时间仿佛是静止的。

老人从年轻人身上看见自己的过去，年轻人从老人身上看见自己的未来。

回忆是一条美妙的长河，当想象与记忆交错，已傻傻分不清楚。

当我打开这个尘封已久的抽屉时，它仿佛开启了我延绵不断的回忆，此刻思绪如泉涌。

原本时间是一个极其模糊的概念，自从发明了钟表，人们开始对时间力求更精准的把握，试图精确到每分每秒，仿佛整个世界都是可以量化的。

记忆永远是联系你与家乡的纽带。

爱情与婚姻

爱是一种最为直接的生命体验，最深邃的思想总是来源于爱而不是恨。

在过去很长的一段时间内收寄一封信是一件多么神圣的事，如今信已随着互联网的普及而逐渐走向消亡，人们似乎已不会通过一封信去表达什么情感，随之消亡的还有与之相伴的神秘感，人们更倾向于直截了当，爱开始变得更加赤裸裸。

这一场景使我不禁想起曾经的我还很年轻，乘着朦胧的月色，载着迷离的星光独自走在空旷无人的大操场上，周围的路灯是如此幽暗昏黄，映衬着我心中的孤独，无人知晓，于是便邂逅了她。我们俩肩并肩走着，瞬间就成了无话不谈的朋友，我与她仿佛前世就似曾相识。

在爱情中只有精神上的相互依恋才是持久的，如果仅仅是建立在性与欲的基础之上，关系必定持久不了，甚至谈不上是爱情。

当你的爱是专一的时候，爱情才能保持真正的纯洁，一旦你的爱不再专一、变得多向时，爱情也自然失去了它原有的本质，演变成另一种形式的爱情，当然你依然可以把它称作爱情，那是一种互相伤害的爱情。

发生肉体关系是容易的，真正产生爱情就难了，维护一段长久的婚姻更是一门极其高深而伟大的艺术。

我们彼此都太疲惫，以致无法再相爱。

如果爱并没有带来幸福，更多的只是苦涩，我宁愿这一切都没有发生过。

对于一个男人来说需要找一个你爱的人，对于一个女人来说需要找一个爱你的人，这对婚姻来说很重要。

如果一个人的世界原本已十分丰满，再也容不下另一个人，那么两个人的世界必然会给他带来诸多烦恼，因此也就离他越来越远了。

真正的爱情会使人更美丽，彼此为对方而改变自己是一件十分伟大的事，有了爱情充分的滋养，幸福之树才能真正开花结果。

不是一个世界里的人是不可能长久地生活在一起的，随着激情的褪去，即使在一起也是尴尬到无言以对，这时才明白沉默也是一种煎熬。

男人一句真诚的发自内心的“我爱你”确实可以打动许多女人。

爱就要学会放手，送上最衷心的祝福，然后一个人默默地离开，人间的爱将会以另一种方式继续存在下去，这样的爱依然是美丽的，它不是仇恨滋生的土壤。

我不相信一对多、多对一的爱情能够持久，这样会随时伤害到你自己和你身边的人。爱情的本初就是一对一的，当你真正爱一个人的时候，眼里是容不下沙子的，哪怕是一点点瑕疵。爱情天性就是自私的，因为每个人都拥有着属于自己的洁癖。

爱不是一个人一味地去迁就另一个人,爱是两个人之间最真实、最自然而然的状态。

世上最遥远的距离不是相隔千山万水，而是相距咫尺却视而不见。

当你真心为了一个人而开始改变自己的时候，可能爱情真的来敲门了。

面对爱情有时我们不得不陷入进退两难的境地，既然坚守与追逐都是一种冒险，我们还是应该做出适合自己当下的选择。每个人都有属于我们自己独特的世界，婚姻是两个不同世界相互契合的结果。

不是你的终究不是你的，即便当初抓得再紧，最后还是会离你而去。

有的人迟疑了，有的人放弃了，有的人离去了，有的人却还在执着，还在等待着爱情来敲门。

一个姑娘生病了，听到这样的消息我的心会突然一阵莫名的抽痛，这就是爱的感觉吗?

他说：“谈钱吧，实在点，这年头还谈什么感情。”虽说谈钱伤感情，但谈感情更伤钱。

会不会存在这么一种爱情，对彼此没有任何伤害，只有当下的美好与无尽的回忆。

纠结就不要嫁了，嫁了就不要纠结，况且最后的结果还未可知。可笑的是人类总想去把握不可知的东西，试图寻找出某种确定性，但真的找到了，失去了偶然性的人生还有什么乐趣呢?

处于热恋中的情侣们，男人与女人在某一段时间内是对方的所有，乃至整个世界。

她有她的世界，而我有我的世界，彼此本各不相同，何必硬是去迁就对方。

一说到人，他们都很不错，可说到爱情，他们都是现实中的“失败”者。

恋爱是一面镜子，人是从相互交往的过程中逐渐认识自己的。

爱情，最初降临到这世上，原本是十分简单纯粹的事，是人类把它搞得纷繁复杂，以至于晦涩难懂。爱情一旦牵扯到婚姻、家庭与下一代，就不可能完全抛去势利两个字，只要上了年纪，这世上似乎已找不到她眼里所谓纯粹的爱情了。

即便一小段不可能的感情，也能使人回味无穷，使生活增色添彩。爱要刚刚好，可能他人并不以为然，即使仅仅是自娱自乐，也能使生活充满乐趣。

婚姻这个东西，就像鞋子一样，合不合适，只有穿过的人才知道。

当一个女人走进我的世界的时候，我发觉自己的世界几乎完全变了个样，难道这就是爱情的力量？我自己都快不认识自己了，令人难以捉摸。

我连自己的生活都没有整理安顿好，又谈何进入她的生活呢？

一个单纯善良的人，我亲眼看见他在爱情面前不知所措。相比华而不实的爱情，友谊反而来得更为长久。

在意一个人的时候，心中会有一阵莫名的抽痛。

对于她来说难道生活除了情与爱就没有别的了吗？生活不能完全被爱情掩盖，爱情并不是生活的全部。

难道恋爱仅仅是为了满足“她们”的虚荣心，证明“她们”并不寂寞？在一起只为更好地消磨时间，让彼此成为对方炫耀利用的工具。

在一起生活的时候感觉什么都差不多，只有在分开时才会体现出差异，而这种差异又是如此的惊人和出乎意料。

对于生性孤独的人来说婚姻本身就是一种矛盾。

爱一个人你会后悔，不爱一个人你也会后悔，无论爱与不爱你都会后悔。

爱情有时在婚姻面前就像是一个玩笑，社会意义上的婚姻与个人意义上的爱本就是两码事。

将往日过多的情感累积起来完全寄托在一个人身上是一件极度冒险的事，如果爱成了一种错觉，那么这时你可能会爱上任何一个你所遇见的人，无论他是谁。每当你备感孤独的时候，爱情就容易发生，因为爱源于最深层次的孤独。

挣脱了爱情的枷锁，你便恢复自由之身。

真正的爱情不是非要生活在一起，只期望她能过得好，看着她并祝福她一切都好。

我的爱四处飘荡，任由它肆意流浪，漂泊至他乡，无家可归的它究竟身处何方？它的孤独又有谁能懂？

她需要我，我需要她，但我们不是真心相爱，对于这一点我们彼此都心知肚明。

在吃饭的时候脑海中忽然闪现出她的脸庞，我原本旺盛的食欲竟突然停滞了，感觉自己再也吃不下一口饭菜了。

人是由于孤独而生出爱的，你看见她的笑，心里头就像吃了蜜一样。

长久积累起的情感可能会在一时之间轻易破裂，他们会从情人转变成朋友，再从朋友转变成陌生人，乃至不共戴天的敌人，人就是这么变化无常、难以捉摸。

“不要看过路的人，他们都与你无关”，是否还有那么一个人让你的心神感到不安，让你时刻在牵挂?

与一个人相处久了难免会感觉单调乏味，任何人都不例外，彼此心照不宣，失去了最初的新鲜感，最终感情只能当作一种任务去完成。

两个人的感情世界，我要忍得住你，你也要忍得住我，这种忍受是彼此不能跨越界限的忍受，一旦超过这个限度，相互间的感情便再也无法维系了，如同自由一样并不是想做什么就可以去做什么，任意随心所欲，而是一种有限度的自由。

这世界不是没有谁就不能继续下去了，当感情遇到挫折的时候，回头看看这个世界吧，它依旧在转。

或许这一切本不应该发生，现在最重要的就是做回自己，不再成为彼此沉重的负担，长痛不如短痛，只有彻底斩断了念想，才能真正地寻回自我。

不是同路人，就做陌路人。

这个世间还存在爱情吗？我们现在的爱情还是不是爱情？什么是真正的爱情？让我们回到最初状态还原爱情的本来面目，过去的爱情似乎从来就不是现在这副样子，我们的爱情完完全全是被时代建构的，包括观念、语言与行为。

婚姻是一种十分古老的东西（制度），因此在瞬息万变的现代社会中呈现出一种不稳定的状态，也是理所应当的。

我为什么会对她生出莫名的好感？是因为我依然活在过去的记忆里，无意间把现实里的她替换成了过去的她，实际上她们俩根本就不是一类人，更不可能是同一个人。

早过了年少轻狂的年纪，面对自己即将到来的另一半，他的内心早已释然，也许他会单身一辈子，也许他会经历好几次婚姻，但这都已不再重要，他就是他，最重要的就是要过好自己当下的生活，对自己的生活负责，他的内心告诉自己。

每个人在情感上都是孤独的个体，都有爱与被爱的需要，婚姻是虚拟与现实的结合。

爱情是体验而不是占有，感情是一种双向选择的过程，没有谁能真正强迫谁。

人不能过早地结婚，尤其是在还不足够了解自己的时候，因为过早的定型极有可能扼杀你的天性与未来。

真正离开一个人确实很难，即便曾经是那么地亲密无间，可最终还是要迈出这一步。

不要被一时的感情蒙蔽了双眼，因为爱情可能是人类编造的最大谎言。

看似合适的人未必合适，看似不合适的人未必不合适。两个人相处久了，便越来越了解。要知道完全看穿一个人是一件十分“恐怖”的事，没有隐私的生活会令人感到不安与焦躁。

单身或许只面临一个问题，可婚姻面临的问题不但多，而且深不可测，你准备好了吗?

从某种程度上来说精神控制比身体控制高明得多，它是解决爱情与婚姻问题的良药。

喜欢是个很抽象的词，因为它会随着岁月的变化而变化。

人人都向往爱情，但爱情不能使一个人活得更加明白，因为活得明白只能是自己一个人的事。

有一种爱叫作深深的依恋。

当我们回想起过去所发生的爱情时，总是感觉其有些稚嫩，羞涩中又带有些甜蜜，这就是初恋的滋味。

与其说单身是一种病，不如说身边多一个人显得多余。

爱情对应于游戏没有即时反馈，因而越来越变得索然无味。

所谓真爱可能是一个伪命题、一种虚无缥缈的东西、极小的概率事件，与其碰运气，还不如找一个人长久地陪伴。

最喜欢的不一定是最合适的，最合适的不一定是最喜欢的。婚姻是一种相互之间的占有，一旦有了占有欲，失去就会感到痛苦。

在爱情当中即便最理智的人也会变得愚钝不堪，如果你想使自己保持这份“聪明”就要远离爱情。

每个人的关注点不一样，相亲一开始总是令人期待，最后却都是失望而归。

对于一个家庭来说，一个人的出现与离去真的会改变许多东西。

荒凉寂寥的黑夜我还在等待着什么？我想我应该习惯往后没有你的日子。

当单身成为一种习惯时，才发现自己的生活已容不下第二个人。

体验婚姻与生儿育女成了人生必须完成的任务，我不排除有灵魂伴侣的存在，但对绝大多数人来说，婚姻不过是找个人搭伙过日子。

每个男人追女人时几乎都会说：“我的心里除了你，根本容不下别人。”不过总有些女人会傻乎乎地在一旁愿意听这些甜言蜜语，纵然明知是假，也宁愿相信那是一个善意的谎言。

未婚有未婚的生活，已婚有已婚的生活，没必要去评论谁是谁非，这两种状态皆是每个人难以复制的生命体验。

人们普遍认为金钱可以交易肉体，可再多的金钱也买不来爱情。

爱情使两个原本聪明的人都开始变得愚钝起来，爱情永远对自己是宽容的，对他人是自私的。

现实当中有许多爱情从一开始就是不可能的，只剩下当初邂逅时的那种感觉。

爱情对他来说似乎从没有发生过，也不曾拥有过，最终他还是选择遗忘，并习惯上一个人生活。

世界那么大，一个人难免显得孤单，需要两个人相伴相依偎，一起去看看外面的世界。只有和一个人生活在一起，你才能看清他真实的生活状态。

任何轰轰烈烈的爱情最后都会归于平淡，恋爱是一个人进入另一个世界的方式。一个人如果喜欢孤独，那么他可能对婚姻的渴望就没有那么强烈了。

你选择跟谁在一起，你就会成为什么样的人。

美好的爱情是两个相似灵魂的结合，稳定的婚姻是两个不相似灵魂的结合，这显然是一对矛盾。

一打开门就看见你的那种感觉，与走遍这个世界后再看见你的那种感觉，你需要的是哪一种爱情？

一个再伟大的人也经受不住婚姻的考验。

无论他做什么事你都会感到不顺眼，与一个三观不合的人生活在一起，天知道是一件多么痛苦的事。

我们总是装成对方喜欢的样子，业已成为习惯，如果能装一辈子那就叫改变。

他意识到自己需要找一个即使面对残酷的现实依然能够让他保持微笑的女人。

喜欢一个人就应该喜欢他的一切，并接纳他的所有。

我希望看到的不是这个世界，而是另一个不同的世界——从她的世界透过去的世界。

有人问他："爱是什么？"他回答道："无论是血浓于水的亲人还是生死相依的恋人，陪伴才是最长情的告白。"

人不可能因为失去爱情而失去整个人生的意义。

我坚信有"灵魂伴侣"的存在，它永远是这个世界的稀缺品。

古灵精怪的女孩子带给他的感动曾让其如此着迷，可他却假装视而不见。

婚姻是从情感上的依附，到身体上的依附，再到经济上的依附。

我在戴着面具，你能感觉得到吗？

我的生活是你无法想象的，你的生活也是我无法想象的，你还愿意嫁给我吗？

结婚之后，一个人的孤独终于变成了两个人的寂寞。

当突如其来的爱情来临时，他会变得有些不知所措，有一种面对恋爱而始终半推半就的感觉，因为他打心底不能接受没有独处的日子，或许他实在太孤独了，孤独到对婚姻产生了恐惧。

这是一个可怕的故事，你对一个人彻底失去兴趣的时候，也就是你真正婚姻的开始。

你是爱上她的身体，还是爱上她的人？

原本恩爱无间的夫妻，婚后的生活出现了变故，大多是因为事业与身份不匹配。

一个极度自我的人，爱她更胜过爱自己，这可能吗？

婚姻会让两个原本大相径庭的人变得逐渐相似起来。

走进婚姻，由爱情转变为亲情是长久婚姻的必然结果。一对看似傻傻却很幸福的夫妻，天真得近乎像两个不问世事的孩童。

自从过了 26 岁，每大一岁就会使自己备感焦虑，直到她完全默认当下的现状。

闪婚是在寻求某种没有经历过的刺激。

爱情原本是简单的，是婚姻使其变得繁复不堪，爱情也随之荡然无存。婚姻本身就是一门极高深的艺术。

夜幕下没有人看见我们手拉着手。

人与自由

自省是人与其他动物的最大区别，人应该有权选择自己的生活，如果这种权利被剥夺，又谈何自由？

人在虚无之中会做出许多不可思议的事。

不说违背自己良心的话，不做违背自己良心的事，做一个真实的人，因为人不能靠谎言而活。

丰富的灵魂在闲暇与消遣之中也会充满着诗情画意，总会不由自主地进行一些独立的艺术性创造，贫乏的灵魂在空虚与寂寞之中总是感觉无聊与烦躁，而整个人更是显得苍白无力。

当人类停止思考时，这实际上就意味着毁灭，一切皆为他物所操控。

一个耐得住寂寞的人肯定是内心十分丰富的人，尤其是在这个无比浮躁的年代。

如果人不存在了，神也失去了安身栖息之所。

人老了就会返老还童，有时天真得像一个初生的婴儿，世界仿佛只有眼里的一切，不停地把玩着手中的物件，开心得像个孩子一样。

这世间本无“完”人，如同硬币有正反两面，每个人都有优点和缺点，一个优秀的人无非是放大了自己的优点，遮蔽了自己的缺点罢了。

有些人出卖着自己的肉体却不出卖自己的灵魂，有些人出卖自己的灵魂却不出卖自己的肉体，出卖肉体是可悲的，出卖灵魂的人更是可耻的。

人是多面的，并不要惊异于自己的双眼，正如我们日常所见：一个人与另外一个人，很可能是同一个人，只是在日常生活中展现出不同的姿态而已。

人不能总干聪明的事，偶尔也要干些傻事，至少在别人看来是这样的。

人与人的差异是如此之悬殊，大到一个世界根本容不下另一个世界，小到一个世界完全看不见另一个世界。

离开了一个世界转而进入了另一个世界，人总是生活在自己编织的所谓有意义的世界里。

不要去试图完全看穿一个人，这是一件十分可怕的事，每个人都应当保持适度的神秘感。

他反反复复强调自己不是活在过去的人，而是活在当下的人。

这火车坐得真是要人命啊！我看到一个人几乎不吃不喝不睡，从始发站到终点站，他竟然还活着，简直不可思议，我不禁惊叹人生命力之顽强!

本质上人都是贪婪的，之所以贪得无厌，是因为占有许多还想要更多。

人活得太卑微、太渺小，即使在世人看来其活得有多么崇高、多么伟大。

求人的目的最终是不求人，每个人的脸上都写着他们最真实的性格。

人本质上都是十分脆弱的，当灾难来临时任何举动都是迟缓的，犹如在晴天霹雳面前没有人能够幸免，即使诺亚方舟也不可能使我们真正逃脱，我们所能做的唯有等待，闭上眼双手合十默默祈祷。

自负的人生活在自负之中，自然必定有其自负的资本。这个世界上有两种东西可以彻底颠倒黑白，驱使旁人指鹿为马，一种是金钱，一种是权力，在这两种东西面前没有人会说实话，因为所有的实话都成了谎话，完全蒙蔽了双眼，这使这种极度傲慢与狂妄的状态达到某一时刻的顶峰。

争斗，你争我夺，是人类的本性，体育竞技恰恰提供了这种本性和平的发泄通道，而不是过去你死我活、血淋淋的战争。

得不到的却拼命想得到，但在真正得到以后发觉也不过如此，人心目中的希冀总与现实存在着巨大的反差。

凡自作聪明者，皆执迷不悟。每个人身上总有些根深蒂固的东西，即使早已意识到如此，也是永远无法改变的。

其实从一个人对手机的使用就能看出许多东西。我们这个时代，由于审美的趋向性，每个人的外貌很可能会有许多相类似的地方，但灵魂各有各的不同，即使再怎么整形，也是掩饰不住的。

在无处不在的监视体系下苟活着的人们，被监视的滋味让人难以忍受，什么事都不做，什么事都做不成，有着生不如死的感觉。人一旦失去了自由，何以为人？

他成天生活在谎言之中，别人说谎他也不假思索地跟着说谎，可以想象他今后会变成一个什么样的人。

站立在深水中的人，一个小浪就足以淹没他。

一种堕落的倾向永远根植于人性之中，无论你怎么甩脱，它都会在那里生根发芽。

什么事都不能做的时候是人最难过的时候。

人总是为了回避自身的丑陋而刻意贬低他人的美丽。

空虚并不是针对一个人的，而是针对所有人的，它就像病毒一样会传染；空虚是一种对人身心活生生的煎熬，于是人类学会了娱乐与消遣。

他们在同一语境下建立起共同语言，如果是旁人根本不知道他们在聊些什么，他们生活在这样的语境中以逃离现实的世界，他们从那里得到慰藉，并试图将其变得持久化。

人是一种想方设法娱乐自己、取悦自己的动物，即使他明知人不能永远生活在娱乐之中，因此更多时候人的生存是一种无奈，是一种背离自身意愿的显现。但他并没有立即精神崩溃，乃至自杀，而是更愿意得过且过地活下去。

人的存在并不需要他物证明，你本身的存在过程就是最好的证明，毋庸置疑，我经历着、感受着、思考着，已足够。

人是一个拥有惯性的动物，自从有了第一次，之后的无数次仿佛都算不了什么。

人的优越感如果完全是建立在他人之上的，那么就可能随时都有崩塌的危险。

人是一个需要隐私的动物，这一点对她来说尤为重要，侵犯了她的隐私就如同侵犯了她的身体，请克制你们的窥视欲。

唯有那浑噩麻木的灵魂在生活的反复无常中毁灭了自身的愿望时还能放任自流，向一切变化妥协投降，丝毫不为这样的世界而感到惊恐，也丝毫不为这样的自己而感到忧虑。

人活着本身就是一个奇迹，他为这种奇迹而感到荒谬。

一个人不仅应当对他人是个谜，而且应当对自己也是个谜。

二零一二世界末日或许只是个玩笑，可现在的人活得实在太安逸了，人类确实需要个末日来持续警醒着自己。

我们可否将肉体与灵魂颠倒过来？灵魂是肉体的基础。

神是因为渴望被知晓才创造了人，因为只有人才能够理解它的存在。

这个世上总有些人好像永远都长不大，我不知道一个人到底怎么样才算真正长大，但我明白越不想长大就离这个世界的真实越远，就会越幸福。

人是制造谎言的工具，人类的狂妄大多来自对认知的局限与匮乏，因而产生了偏见。

当自己感到无所事事的时候，便将兴趣自然而然地转向他人，结果看到的他人同样也是无所事事的样子——人的空虚是一种传染病。

给了你自由，你却不去珍惜它，并把一切当作理所应当，直到自由真正离开你的那一天。

精神与三观在同一个平台，深度的言语交流才能成为可能。

对付一个已经丧心病狂的人，唯一的方法就是以暴制暴。

人因为虚无与荒谬，渴望被安排和奴役，在这样的生活中才会感觉到“充实”。

人与人的最大差异在于“闲”时，看他在做什么就知道了。

人的忍耐力相当惊人，可以在各种各样的状态中存活下去，无论是高傲地生活还是卑微地苟活，要有多堕落就有多堕落，要有多颓废就有多颓废，不要惊讶，原来人是可以这样活着的。

我们需要明晰的一点是，对于人来说完全的理解已是不可能，任何完全理解的企图都是一种徒劳，或许只有在上帝面前才能得到充分的认知。

叫他做什么就做什么，从不质疑与反抗，只是一味地供人驱使，他可以瞬间变成一个杀人不眨眼的恶魔。

过去人的价值完全是由时代构建的，未来人的价值必须由自己来创造，那现在呢？

人是一种道德的动物，道德使人成为人。

德性是教条式的伦理学还是一种自觉的结果？

人从来都是被迫自由的，又何以转让自己的自由？

人是自己给自己划定界限的动物，自由真正的敌人是我们每一个人内心中的恐惧。

人不能一直无意义地生活，将自己完全置于真空之中，为了反抗这种虚无，创造成了人的本能。

人们向往着自由，却因自由而盲从，从古至今自由似乎永远只是少数人的权利，学会利用闲暇时间的人是自由的。

人在日常生活中所展现出的旺盛的食欲预示着生命依然美好，纵然生活再苦再累。

完全理解一个人从某种意义上是不可能的、徒劳的。

伦理学永远是以人为中心的，并充斥着价值判断，指引我们如何过上一种真正幸福的生活、善的生活。人永远是目的，而不是手段。

人为什么喜欢并习惯于重复那些看起来毫无意义的事？甚至明知它毫无意义还要不断去重复？难道仅仅是为了消磨时间，还是从心底渴望逃避某种真实的东西？不由自主地重复，就好像患上了强迫症。

从世界各国历史上的各种刑罚就能看出端倪，人们希望停止暴力，不要再将过去的残忍继续下去。

人的堕落是一种惯性，伟大的心灵总是充满着“原罪”。

我不再相信那些不置可否的调查，它们往往忽视了人的多面性，而实际情况却是另一副模样。

这里没有人知道我是谁，同样我也不知道别人是谁，只有在陌生人的环境中才能真正地伸张自由。

人与自我的关系，人与他人的关系，人与世界的关系，如何处理好这三重关系决定着人类未来的走向。

拥有野蛮人的身体与现代人的头脑，这似乎是一组自相矛盾的产物。

人可以拒绝自己的身体，乃至完全抛弃它吗？不，当你出生在这世间就已经与这个身体紧密结合为一体了，它成为你灵魂的一部分，除非自杀与死亡，你的灵魂也会随之无所依存，变得不再是灵魂，直至彻底消失。

人要堕落真的很容易，任何人都有堕落的可能，这种堕落的可能性潜藏于人的本性之中，随时都有爆发的危险。

伟大的人身上总有一种与生俱来的天性，使人不知不觉地引向他，即使死后那么多年亦是如此。

有的人天生就是作家，他们天性敏感，执迷于写作；有的人天生就是哲学家，他们天性孤独，喜好沉思。

假如有人超越了他所处的时代，总有一天时代会赶上他的。

伟大的灵魂总是如此相似。

每一个人身上都装着一颗随时引爆自己的炸弹。

从一个人如何利用自己的闲暇时间就可以看出其未来的趋势。

人一天总要花点时间做一些所谓的“正经事”，不然或多或少总觉得有些不踏实。

一个美丽的心灵无论走到哪里都是一种美。

人总是试图以自己的方式去理解世界，以及周围的人和事，总想去把握背后所谓永恒的东西，建立起一套自我意义的框架。

人活着是靠信仰与梦想而支撑的，伟大的人不可能每天都做着伟大的事，实际上伟大的人每天都做着稀松平常的事，只是将这些微不足道的事做到了极致。

真正的聪明人，知道自己适合做什么，更清楚自己不适合做什么。

人意识的变化，经历了从听信他人，到自我决断的过程。

人的趋利是共性的，本司空见惯，但对利益无休止地追逐就会显得贪得无厌，没有节制更是预示着某种灾祸的降临。

人由于不相信自己的感觉,而需要通过量化做一些确定性的事。

人从出生伊始就把自己当作探究的终极目标，由此才明白自己来到这世上应该去做些什么，究竟是为了什么。

或许在上帝看来人类的贪婪与恐惧都是一种无可救药的疾病。

人与人之间是一面镜子，熟悉又陌生的人，保持适度的距离更容易袒露自己的心声，因为他的好坏对错都与你无关，生活之间本没有任何交集。

人与动物以及机器的最大区别就是：人是具有反思性的动物，即使再杂乱无章的生活也能通过一定程度的反思化解其中的喜怒哀乐，并延伸出属于自己的生命意义。

凡是喜欢到处炫耀的人，做事都是喜欢大张旗鼓，生怕别人不知道，而这样的人却是最虚伪透顶的人。

毫无疑问，对一个人最终极的控制方式就是精神控制，如果你能控制一个人的精神，你就能拥有“他”的全部。

人是无法完全克制自己的贪婪的，只能用另一种欲望去节制它。

人总会走相似的路，与相类似的人接触会产生共鸣，虽然会因为时代的变化而各有各的不同。

凡是有趣并富有个性的人总会使我不自觉地多看上几眼。

成熟是你能理解过去你所不能理解的事物。

要知道想改变一个人乃至一个家庭，这是一件十分困难的事，不要去瞎掺和，因为你连改变你自己都很难。

我最佩服言行如一的人，这样的人实在太难能可贵，不要惊讶，因为许多人表面上说的与实际中做的根本不是一回事。

人由于知识的匮乏，对未知世界的不确定性会感到恐惧。

我相信只要是人，都有属于自己的内心生活，不论他高低贵贱、从事的职业有多么卑微。

现实中生活着的人们，上帝给了你们自由，你们却不懂得珍惜，还时不时地叫屈，并觉得这是一种痛苦。

人是自身的梦想与懒惰结合而成的怪物。

自由简单点来说就是想去哪儿就去哪儿。

人会在某个时刻变成一个圣人，也会在一瞬间变成十足的恶棍。

人趋利是没错，但绝不能势利。

如果要拍摄一个人活着的一天，那么你会发现生活是无趣的，连自己都可能感到乏味。

佛说你的所有执念皆是虚妄，可人为什么还有执念呢？

这种不可抗拒的厌恶感从他人逐渐扩展至自身，于是我开始厌恶我身上的所有，因为我也是人。围墙和铁丝网阻碍不了人对自由的向往。

人都是有瑕疵的，伟大的人物身上为人所诟病的东西并不影响其伟大。

一个人自己活着的时候是一种状态，当看到他人活着的时候是另一种状态。

人在生命中某个时间段缺失什么，就会留下一辈子的烙印。面对残酷的现实，人总是习惯性地自欺欺人。

更多的时候我看到人们没有时间做自己，只有时间来快乐。

人心志的成熟在于内在的自省。

隐私即是神秘感，两个人即使再亲密也要保持适度的距离与神秘感，没有神秘感保护的人是一种可怕的赤裸。

人就是你所经历的事与你所读过的书的总和。

随着价值的失落，我们将变得更加肆无忌惮。

有些人苟延残喘地活着，渴望留存在这世界上，可他活着却像死了一般。

你无法去窥知另外一个世界，因为随着年龄的增长，人与人之间的差异只会越来越大。

人很多时候都是在自欺欺人，犯了错误却不肯承认，反倒找出种种借口去掩饰犯下的错误。

肉体属于物质范畴，因反复而感到厌恶，对于活着的人来说肉体是一种巨大的束缚。

明媚和煦的阳光照射了进来，他却要用窗帘阻挡住阳光的脚步，使整个屋子显得昏暗无光，人类就是这样拒绝阳光的洗礼。

权利就是限制他人的自由，以扩充自己的自由。

自由有两个层面：一层是与生俱来的自然权利，并以法律的形式确定下来，国家予以保护不容他人侵犯的权利；另一层是个人性的，一个人的自由取决于其能力的大小，其自由更多的是靠个人奋斗去争取的。

人类的悲剧性在于人总是被自己亲手创造出来的东西统治。

人们渴望呼吸自由的空气,可极端的自由同样会导致人的毁灭。

因为人自由意识的存在，那种近乎无所不包的极权统治是不可能真正实现的，其对人“全面控制”的企图由于人自身的反抗注定将落空。

如果存在“思罪”——思想犯罪，恐怕他早已犯了多次，并且会一直犯下去。思罪是荒谬的，思罪是可笑的真实。

人类是这个世上最残忍的动物，同样也是这个世上最善良的动物，因为只有人类才能够分辨是非善恶。

说别人有病的人，其实自己才有病，因为他畏惧旁人把注意力都聚集到他身上,发现他致命的弱点,他的目的无非是竭力掩饰自己。

把自己当作一个商品，那么自己永远只是个商品。

一个再弱小的人有了权力的庇护，他也会变得无比强大，反之亦然。

权力不应是自由的敌人，而应是自由的朋友，更确切地说是捍卫自由的战士，是坚定不移的守护者，但这一切需要建立在正确理解个人自由的基础之上，并以此为前提，如同正确理解个人利益的理性一样。

人心总是矛盾的，既期待又后怕，既渴望又生畏，如果你忍受不了这样的煎熬就赶紧逃离这里吧。

以为会有什么事发生，实际上什么也没发生，永远不可能有什么事发生，但人却在场。

社会与法

我们要构建一个反思性社会，以对抗现代性的不断侵蚀。

存在的荒谬感是建立在人的社会意义消失的基础之上的。

人一定要在社会之中发挥出自己的才能，才能寻找到一种归属感。

随着经济的发展和教育的普及，这个社会单身率只会越来越高，一个人不再需要依附另一个人而活着，只是有些人是主动单身，而有些人是被动单身。

发生在他人身上的各种乱七八糟的事我们基本都能认同，至少是默许，可一旦发生在自己身上那就是不可原谅的，简直难以理喻。

人是被迫进入社会的，这也是每一个生活在其中的人必须经历的过程，原本无忧无虑、逍遥自在的人，在等待进入社会的过程中开始变得逐渐焦躁起来，对未知现实的无能为力与理想的荒谬，使他们陷入更深层次的虚无之中。

不是他们不想改变命运，而是他们拒绝改变命运，虚假的一面太过浮华，真实的一面太过丑陋。

在彼此临近的地方，差异竟然如此之大，简陋的棚户区旁就耸立着高楼大厦，最直观地反映出生活在同一城市完全不同的两类人。

这个时代有某些东西已经完全沦落到无耻的地步，还有什么可说的呢？每一个无耻都是一个看似美丽的陷阱。

我们这个时代并不缺少慷慨激昂的言说，而是缺乏付诸行动的勇气。

他总感觉外面的世界与自己始终隔着一堵墙，这堵墙，看不见，也摸不着，却真实存在。

旁人以为他病了，实际上现在的他虽然至今也没搞清楚当初的真实想法，但知道自己并没有病，病的是整个社会，社会将他囚禁在一个牢笼之中。

不要在意任何社会的标签，那都是强行附加在人们身上的符号。

有的男性身上拥有女性气质，有的女性身上拥有男性气质，他们却总得不到社会的广泛认同，社会总试图将其纠正，改造成符合社会标准的单性人。

对于一个社会学家来说他所看到的物并不是物本身，而是其背后的东西。

贫富差距在日益增大，在一个发达的经济体中，此趋势已然不可逆转。理想的社会应当尊重富人，同时造福穷人，满足其最基本的生活保障与保持其向上通道的畅通。

他人是自我的一面镜子，反过来自我也是他人的一面镜子，只有充分地认识自己才能正确地认识他人。

走出去才知道这个世界本没有公平可言，也不可能有公平。

他们还太年轻，不懂得人情世故，认为正确的未必正确、错误的未必错误。

生活在集体社会里，人与人之间不存在隐私，自我与他人之间相互监督着，你在监督他人的同时，他人也在监督着你，由此形成了一个相互监督的网络。

规训社会的本质，就是要让每一个生活在其中的人，都成为这部社会机器合理运作的零部件，如果你反抗，它就会通过各种规训机构来规训你，使你成为社会广泛意义上的正常人，直到检验合格为止。

最可怕的是对人类灵魂的规训——运用各种手段消磨你的意志，以到达某种矫正的目的。

有时候那些专家都不能解决的问题，却靠一些生活中的小常识而解决了。专家总是让简单的问题复杂化，这造成了某些不必要的困惑。

相类似的声音涌现了出来，彼此相互凝聚而产生了共鸣，形成了改变社会的力量。

我们总是被塑造成社会喜欢的样子，一辈子皆是如此。

拉开窗帘，走出我的生活，刚刚还是阳光明媚的白昼转眼已是黑夜，我喜欢黑夜，我更喜欢一个人趁着夜色独自闲逛，因为在夜幕掩护下的人们会显露出比白天更真实的嘴脸，我仔细地观察着、品味着……

每个人活着已是不易，更何况还要看他人脸色行事。

经济可以落后，但教育不能落后，所以我看见整个村子里最好的房子是学校。

参与观察和非结构式访谈相结合，这是完美的定性研究方式，平时我也不知不觉地在用。我感觉自己并不是在做调查，而是在理解他人，并通过他人去理解整个世界。

尽管他身是男儿身，心早已属于女人，从他的异装癖中可以看出，其有着强烈的女性化倾向，而社会总是想方设法去纠正或禁止这种女性化倾向的出现，并认定它是社会不稳定的因素。

他写出的这份会议总结报告真是假得可以，大家都说着言不由衷的话。明白人心里都清楚：在一片赞扬声下是一套套令人作呕的形式主义，我们渴望的真实到哪里去了？长此以往会被外人笑话的。

确实，农村的生活是我们生活在城市里的人不曾体验的，他们各自述说着农村生活的时候我感觉自己完全是个局外人。

人与人之间的差异是如此之大，一出生就是不平等的，我们各自默默承受着自己的命运，这个世界本来就是不平等的，也从来就没有平等过。

如今体育明星完全替代了战争英雄，体育可能是非战争类竞争最好的手段，既满足了人争强好胜的需要，又维护了世界的稳定与和平，这正是奥林匹克精神所在。

如同一面镜子，当我们在反思这个社会的同时又何尝不是在反思着自己。

相比奴役之中的平等，他宁愿承受自由之中的不平等。

对于现代人来说，一副完美肉体的吸引力远大于有趣的灵魂，似乎除了肉体再也不需要什么了，活着只是为了拥有一副完美的肉体。

法律是共性，人是个性，最好的法律应该兼顾共性与个性，不同的人应有不同的惩罚，以求达到惩罚的最佳效果。

时至今日在印度还存在着一种公认的做法：一个饱受邻居欺辱的人跑到邻居的门口去静坐，一直坐到饿死在那里为止。这种赤裸裸的威胁通常会很有用，如果受害者真的死在了那里，据说他的阴魂就会缠住那个作恶的人。

有些罪犯并不是天生就是罪犯，也不是整个社会的公敌，他们犯罪是因某种时代的因素而导致的，如果换一种环境，他们的天性和品质就可能得到完全不同的发展。

社会有时残酷得容不得理想留有半点余地，难道随波逐流注定是我们的命运?

没有什么是不可以娱乐的，就连曾经被认为是最正经严肃的事情都可以娱乐到底，在无尽的娱乐中人们得到了什么，又失去了什么?

法律限制权力，权力维护法律。

置身于功利社会之中的人都是为了追求自身利益的最大化，于是免不了产生一些冲突。

好的法律所体现的应当是，从古至今人类在政治哲学与实践中长期探索的成果，尤以宪法为最。

城市化中的农民工，有着强烈的身份焦虑，他们渴望变成城里人，却摆脱不了以往农民的身份，始终在城市与农村之间徘徊，那是他们进不去的城市、回不去的农村。

吃饭的目的是填饱肚子，肚子都填不饱还谈什么营养，人都是被饿怕的——害怕那种因长期饥饿而恐惧的感觉。饥饿是绝大多数贫困的开始。

一切制度只有适合与不适合，本没有对与错。

我们的谬误大多是由我们共同的偏见而产生的，是我们这个时代价值观的集中体现，实际上我们并没有深入地去了解，我们还浑然不觉。

当一个强大的外敌出现时，我们勉强还会相互合作；当共同的敌人消失时，我们就会立马显露出暴戾贪婪的本性，迫不及待地开始自相残杀起来。这或许是瓦解一个组织最有效的方法，而不是从外部击倒它。

政府的初心是好的，由于天高皇帝远，到了地方就会变味，许多农民集体上访不是为了反抗政府，而是为了反抗地方性的暴政。他们的目的极其单纯，有时甚至可笑，这都是为了生存忍无可忍的结果。

法律维护着社会的公平与正义，一旦失去了公平与正义，法律将会沦为赤裸裸的暴政工具。面对明目张胆的腐败，我们无动于衷，并习以为常。

令人意想不到的是我们现代文明竟可能是人性恶产生的结果，为此我们建立起一系列法律法规，尽可能地去限制这种“恶”，而不是完全地消灭它。

现代文明作为一种来源于西方的强势文明，它使我们无可避免地被纳入其中，它似乎具有了瓦解一切的力量。

恶是必不可少的恶，为的是对作恶者进行更有效的惩戒，为了不让善在现实中过于软弱就必须存在这种恶。

他看见许多绝望的人在绝望地生活着。

当体制、机制日渐成熟并趋于完善的时候，各得其所、各司其职，这就是正义。

拆了再建，建了再拆，反反复复，难道这就是我们引以为傲的经济发展模式?

社会必须无条件地服从于某种权力，不难想象一个处于权力真空状态下的社会是可怕的，在其中，人们可以为所欲为，整个社会将立即陷入混乱无序之中。

法律是理想通往现实的桥梁，法律离开了权力便会成为一纸空文，同时法律也限制着权力的肆意扩张。

法律的制裁从剥夺人的基本权利出发，死刑（生命权）、监禁（自由权）、罚款（财产权），由此引申出各种不同的惩罚手段。

制度很大程度上是人为的创造物，它总是不可避免地存在着缺陷。一方面，它必须具有相当的稳定性，有人说它总是倾向于保守；另一方面，它又需要兼顾变化以适应时代发展的要求。理想的制度必定是稳定与变化相结合的产物，并力求达到某种相互之间的平衡，然而再好的制度与人一样，都将无可避免地走向衰亡。

真正地判定正义是一件十分困难的事，我们可以明确一个正义的方向，但它需要一部与之匹配的有效法律，和一个近乎圣贤式的大法官，使法治与人治完美地结合在一起。

人类社会除了人自身的力量之外，还存在着一种看不见、摸不着却无比强大的力量，这就是权力。有人的地方就有权力，权力维护着社会的某种秩序，使之能够更有效地运转起来。真正的权力能够让我们每一个人找到自我、做回自己，明确自己在社会当中的位置。

仪式代表着某种归属感，象征着某种秩序，使迷失的人们找回自己的精神意义所在。

仪式所带给我们的除了安定还有创造，即使再小的仪式也充满着神圣的光辉。

在现实生活中我们会不惜一切代价，拼命回到某种秩序之中，因为我们厌倦了太多混乱与无序，这已经不是单纯心理上的安慰，新的生命便孕育在其中。

知识就是力量——知识就是支配这个世界并构建我们自身的权力。

知识产生话语，话语产生权力，可真正的知识永远掌握在少数人手里，只是大多数人并没有察觉到而已。

传统的异化消失了，新的异化开始了。

人类社会应从体制、机制上根本杜绝极权主义的倾向，而不是把纯粹的希望寄托于某一个人身上，这是十分危险的。

卢梭试图调和个人意志与公共意志的矛盾，提出强迫自由的主张，但公意不可能永远正确、不会犯任何错误。勒庞的《乌合之众》从某种程度上已经解构了公意是建立在理性基础之上的可靠性，证明所谓公意更多的只是建立在民众的盲从、无意识、非理性的基础之上的。

人类的每一次“进步”都势必会与罪恶相伴随，我们不能彻底消除罪恶，只能最大限度地限制罪恶繁衍。

我们已不可能回到人类的原始状态了，但我们可以从中找回原来就属于我们的品德，用古代的德性与现代的理性相结合，重构出一个全新的人类社会。

人是被社会化的，因此闹出了许多笑话，在这瞬息万变的社会，表现出诸多不适应的人成了“自闭症”患者。

世间存在着两类不平等，一是自然的不平等，二是社会的不平等。在自然状态下由于第二类不平等的不存在，第一类不平等也将无法依存，人类便是通过第二类不平等使第一类不平等扩大化的。

在现代社会为什么会平白无故整出那么多节日？再这样下去，可以预见把每一天都当作一个节日的趋势将越来越明显，商业社会深度影响了人类的文明。

幕后垄断知识的人才是真正的统治者，人在进入社会之前还是个“人”，一旦进入社会便成了“物”。

己所不欲勿施于人，自由的前提是以不损害他人的利益为基础的。

社会中始终存在着一个不可磨灭的现象：每当一个人得益时，总会有另一个人因此而受到损失。权力的关键在于从中寻找出一种微妙的平衡，也就是说进行某种补偿性的措施，让得益者得到满足，让失益者感觉不到失益。

在马克斯·韦伯祛魅的世界中上帝已经死了，从一定程度上来说，群体对领袖近乎狂热的个人崇拜具有某种宗教意义上的性质，弥补了上帝不在场、离去的空缺。不过随着祛魅的日益深入我们必须认清一个事实：现代社会是一个价值多元的世界，我们已不可能回到那种价值单一的世界中去了。上帝死了，已不可能再复活，所有建立在复活妄想上的企图都会给人类带来灾难性的幻灭。

少数人统治多数人是遵循自然法则的结果。

平等是自由的前提，然而不可否认，我们这里所说的自由必然已经包含某种意义上的平等，没有自由我们可以平等，但是没有平等我们不可能自由。

在宣扬人的德性方面，苏格拉底与孔子是一致的，他们都看到了道德对于维系一个社会的巨大作用。

正义应当是每个人通过其自身努力与能力获得其所应该获得的东西，如果没有获得即是不正义，当然在一个不正义的社会那里就另当别论了，因为整个社会的不正义将会使一切颠倒。

从最初的温饱型消费到娱乐型消费再到奢侈型消费，这些变化折射出我们整个社会的变迁。

现代社会的健康标准是与其环境相一致的适应能力，殊不知这种看似正常的状态也是一种更深层次的异化。

人性中的懒惰使我们本能地倾向于快餐文化。

信任是能产生价值的，有时回报比任何投资都多得多。

这个社会阶层的划分变简单了，就是分为有房的与没房的，或者你有几套房、他有几套房。

喜欢你的人佩服你并不稀奇，有本事的人是让喜欢你的人与讨厌你的人都打心底敬佩你，这才是真本事。

使自己远离贫困才能真正地追求自由、追求自我与达到个人价值的实现。对于绝大多数人来说，金钱依然是实现梦想最大的阻碍。

当感情变得十分脆弱时，能把人最终联结在一起的还是利益。

人们为什么会轻易被那些洗脑式的传销与培训吸引过去？其中不乏一些高学历者，因为他们看不清现实，普遍缺乏真正的信仰。

对生活中每一个坚持的人我们都要表示出应有的尊重，无论做的事是何等卑微渺小，乃至于微不足道。

所谓公平成就了多少，又牺牲了多少，公平会成就一些人，也会牺牲一些人，那些牺牲的人成了公平的替死鬼，这是不是意味着某种意义上的不公平？

在真正的利益面前，所谓的友谊都会荡然无存。

无论你做得怎么样，总有人会故意造谣、恶语相向，因为做任何事，做失败比做成功容易太多。

现在的社会各种谣言满天飞，如果政府再不加以监管，会严重扰乱正常的市场经济秩序，由此而引起民众的恐慌情绪，这也会成为社会的不安定因素。迫害他人并不能成就自己，却能带来一种幸灾乐祸的快感，这种自己得不到他人也别想得到的心理始终根植于人心，这就是谣言与仇富心理的根源。

法律应当是伸张正义的武器，而不是为罪恶辩护的工具。

当今社会中的女性，在经济上不再需要依赖于他人（某个男性）。越来越多的女性趋向于独立，而主动成了社会意义上的“剩女”。

真正的经验与教训是血与泪换来的，道听途说累积的经验听起来就好像是痴人说梦话。

富人与穷人的评判标准不再是单纯的收入，随着资产的比重逐渐扩大，资产的份额已远远甩开了收入的占比，社会由此进入了一个新的阶层固化阶段。

人与人之间本没有度量衡，学历、职业、地位都是社会强行附加在人身上的标签，由此开始将人区别以待。

佛系生活是没有危机感的根源，无欲无求是社会阶层分化到极致的结果。

知识分子依然影响着我们这个时代的话语，只是换了一种方式罢了。

现代社会由于网络镜头的无处不在，外貌的价值日益突显，由此美丽成为一种产业，人类在美丽上的投入远远超过了其他支出。

是谁在统治你不重要，要明白是制度在统治你。

从国外选择的低参与率就可以看出，老百姓是看透了政治，伤透了心，从选谁都一样到选谁都没用，民主俨然成为一种摆设，有时看来通过法律去强迫民主是一种损害自由的表现。

我们通常会遇到这样的困难，有些事在理论上探讨是充分的、完备的、可行的，彰显着完美无缺的价值与意义，然而一旦将这种理想植入现实之中就会变得支离破碎、面目全非，以至于完全走向理想的反面，得出相反的结果。为了不要让这种悲剧再次重演，面对现实的冷酷与理想的温热，我们必须冷静地从中寻找出一种平衡，真正在理想与现实之间构筑起一座桥梁。

掌握某种话语权是为了不轻易被他人的意志左右。

也许应该把他归在“80后”，当然也可以放在“90后”，其实“80后”“90后”乃至“00后”只是一个标签而已，这都已不再重要，重要的是你是谁。

社会是需要一股风潮的，潮流使人们不再感觉到虚无。

生活与反思

反思从来不是提供给我们一种确定性的知识，而是给予我们一种不确定性的怀疑，一种通向自由与真理的可能性。

在我们日常问候中随口一句简简单单的“还行”，看似随意，实则蕴含着多少重深意，其中的酸甜苦辣又有谁人知？我们习惯于相互问候，彼此都过着“还行”的生活，也许尽是自嘲自讽、自言自语，却是苦笑着脸对自己说：“还行。”这是我们当下对生活最好的诠释。

不管何时何地他都会停止或开启手头的工作，无论是对过去的回忆还是对当下的思考。

人在生活中总是喜欢画圆圈，习惯把自己圈起来，其实只需轻轻打开两边的心扉，试着眺望远方，映入眼帘的便是完全不同的风景。

苏格拉底说“没有经过反思的生活是不值得一过的”，孔夫子说“吾日三省吾身”，无论东方与西方，伟大先贤的思想总能产生共鸣，可见反思性对我们生活的重要性。一个拥有反思性的人才能被真正称为人，如今人们可以利用自我的反思性来抵御来自现代性的终极诱惑。

反思的起点是伦理道德，反思性是基于伦理道德之上的，可以说在反思中每前进一步都是一种后撤。

人的反思有两个维度：一是个人与社会的对话；二是自我与灵魂的对话。

过去他总是不断地在忏悔中度过，仿佛永远生活在罪孽之中，如今连忏悔都省了，又谈何罪孽？

我日益感到现代人的生活已经发生了翻天覆地的变化，他们可以任意把白天变成夜晚，也可以把夜晚变成白天，但他们各自究竟在做什么呢？我想没有人知道，可能连他们自己也不知道，因为人活着与死去，都好像没有了意义。

安逸的生活总是令人向往，却在闲情逸致中又平添了几分无趣，这世上任何东西都不能过度，过犹不及，要懂得适可而止，把持中庸之道方为上策。

每个时代的人有每个时代的活法，而我们这个时代是变化得最快的一个时代，短短十几年竟换了好几种活法。

远离内心的暴戾之气，归于生命的安宁之所。

一个人的生活习惯决定了一个人的本质，这是什么力量都改变不了的。

当一个人真正独立之后，生活永远是他一个人的事，他必须对自己的所作所为与所过的生活负责。

短暂的快感就好似终日生活在谎言之中，整个生活仿佛失去了重心，悬浮在空中，始终处于失重的状态。

朋友问我这几天究竟忙些什么，我试图努力回想，可脑海中是一片空白。实际上我确实做了些事,却不知怎么了,什么都想不起来,面对生活我患上了短时性失忆症。

想要去除杂草就必须种上庄稼,他还会回到过去的生活吗?

我日益感到自己在被生活牵着鼻子走,而不是我牵着自己的生活走。

他又度过了无比荒诞的一天,做了些荒诞的事,似乎忘记了自己还活在这个世上的事实。

虚耗一生,在生命面前感觉无能为力,人总想去做出什么事,却又感觉始终做不出什么事,这种感觉叫挣扎。

将自己的生活毫无保留地袒露在他人面前,这是需要多么大的勇气啊。

生活中难免会遇到这样的尴尬:两个人相互打电话,彼此急切地想拨通对方的电话,却总是陷入忙音之中。如果这种状态一直保持下去,结局将是永远都拨不通,不是对方不在电话旁边,而是其中的一方没有给予另一方足够冷静的时间与空间,或许只需一方片刻的冷静,电话就能顺利拨通,双方之间的沟通便没有了阻碍。

生活是什么?生活就是你看得见与看不见相结合的东西。

其实他并不喜欢这样的生活,但生活却迫使他不得不过这样的生活。

真实的生活如此杂乱无章,就如同我自己的房间一样,好像多少年没有打理似的,沾满了灰尘。

由俭入奢易,由奢入俭难,一个人一旦陷入某种生活之中便难以自拔,不是因为自己不想挣脱,而是因为自己早已习惯。

可怕的事实是,现实当中的一切都是为了防止个人去独立思考。

生活没有如果,只有结果。

感觉自己比他人拥有更多的闲暇，但还是觉得忙不过来，因为我知道自己究竟该如何生活。

“双十一”购物狂欢节，原本是光棍节，这完全是一个人造的节日，不，应该说所有节日都是人造的。对着电脑屏幕，节日的氛围压得自己快喘不过气来，或许是早已厌倦了，内心渴望回归慢节奏的生活，我正想方设法将这个世界停息下来。

难得会做一些无聊的事，有时无聊也是一种不错的体验。

生活拥有一种缺憾的美，不可能面面俱到，面面俱到的不是生活。

试图告别一种生活，尝试着回归另一种生活，或者重新开启一种全新的生活。

生活是如此平淡无奇、周而复始，可我却在享受着片刻的间歇和此时此刻生命的赐予。

当一个人独自在房间里的时候要慎行，更要学会自制、有计划地生活。寂寞、空虚、无所事事的感觉让腐蚀人心的东西有了可乘之机。

我可以允许生活偶尔开点小差，但绝不允许毫无节制地放纵，我知道这样会导致一切前功尽弃，生活会像多米诺骨牌一样倾倒。

“我自己都不知道在忙什么，又哪有时间去关心别人呢（忙什么）？”

渴望去改变现有的生活状态，必须认清的现实是：其实我现在的生活就是我过去生活的延续。

何时才能真正清醒？自欺欺人的生活还要持续多久？就像一个个套路，一个个死循环，只是为了获取一点一丝的快感，那是对真实生活的幻觉。

一直在寻求着某种突破，无论是虚拟上的突破还是现实中的突破，对他来说都是某种生活上的突破。

在自己的能力范围内做自己喜欢的事、过自己喜欢的生活，美好的生活肯定是简简单单的生活，只有在极简的生活之中才能体悟生活的真谛。

如果说你每天起床第一眼看见的是意义，那就是你生活的意义。

假装活着真的很累，无论在熟人、生人面前都需要不断地伪装自己，任何赤裸裸真性情的流露都是耍流氓？他应该如何活着？

生活如果太过丰满，就会显得殚精竭虑。

适度的娱乐让自己放松下来，适度的闲暇使自己沉静下来。

无论旁人怎么说，他还是希望过上一种真实的生活，甚至不带有一丝虚伪，真实并不可怕，可怕的是终日生活在虚伪之中仍茫然不知的人们。

我的生活急需步入正轨，不能再这样如此盲目下去了，这也许是由某种失落的情绪所导致的。我感觉到我的生活正在急剧发生着变化，几乎在一天时间内又回到了从前，我意识到自己不是在宣泄内心的压抑，而是在彻底荒废自己，我不能再这么下去了，我活得根本不像是一个人。

没有价值判断的生活是痛苦的，无论什么样的生活都可以接受，反正结果都一样，可只要你愿意稍加一些价值判断，那生活将会立刻充满生机而不是一潭死水，世界也会变得富有意义。

“我不应该过这样的生活”，他独自在灵魂深处叩问着自己，他觉得应当寻找适合自己的生活，并试着习惯上它。

活着，是一种持续性的状态，它需要的是平和、安稳、有规律的生活。

我不再渴望思考下去了，那些新奇的体验都在我脑海里消失了，我的生活又回到了原点。

生活就是除了维持生命基本所需外，什么也没有剩下。

我试图将自己对生活的反思注入生活。

生活就像是一件陈列在我面前精美的艺术品，我正试图用鉴赏家的目光仔细地打量着它；生活仿佛是一个始终蒙着面纱的神秘姑娘，我试图一层又一层地掀开戴在她脸上的面纱，直至看清她的真面目。

我们毫无知觉地忙碌在生活中，随着生活静止、跳跃、走着、跑着、前进与后退。

我尝试一个人努力去独自回想，发觉脑海中依旧是一片空白，生活就好似一阵风掠过我身旁，我只能听见它细微的声音，却怎么也捕捉不到它的影子。

他并不清楚生命的意义是什么，甚至不知道自己该如何生活，但一桩接一桩的琐事使他完全沉浸在生活中了。

盲目的生活使我们逐渐丧失了对生活细节把握与思考的能力。

那种虚无的消遣又让他彻底迷失于生活之中，沉迷在无意识的状态下最难以令人抗拒的诱惑中。

在生活面前每一个人都是弱者。

生活，当个人意志已经起不到任何作用的时候，就需要尝试改变一下周围的环境。

生活究竟是什么样的？实际上自己心里最清楚，因为“我”是唯一经历过自己完整生活的人，并依然活着。

他一直在过着违背自己内心的生活，一切看似平淡无奇，内心却在痛苦中挣扎着。

人必须坚决脱离原有的生活环境，才能建立起一种新的生活。

我以他们的生活为耻，可我也过着同样的生活。

我们共同生活在这样一个世界中，最终发觉无论做什么都是一样空洞无意义的，可是我们依然做着手头上的事，有时甚至忙得不可开交，因为相比没有意义我们更害怕空虚。

他知道自己的生活陷入了困境，但玩游戏并不是出路。

每天都是漫无目的地过，仿佛早已看穿了生活，我在他的行为中看到了反抗，可最后还是不得不走向屈服。

生活是不断流动的，思索是无穷无尽的。

有时生活充满着矛盾，他意识到要去学习，却拼命想着如何去玩乐，以至于总是做着那些自相矛盾的事。

过一种有意义的生活，不是应该越过越迷糊，而是应该越过越清晰。

空虚是隐藏起来的，无聊是显现出来的。

要感谢那些曾经伤害过你的人，只要你命不该绝，就应该这样想：正是因为他们的存在而改变了你固有的生活，使你看到了世界另外一副样子。

生活是一座迷宫，一不小心就会迷路，幸亏我还记得回家的路。有的人最终从迷宫里走了出来，有的人一辈子都没有走出去，永远迷失在生活的尽头。

生活不可能提供稳定、可持续的意义，因此它使我们陷入随时失去意义的危险之中。

有的人在生命外部探寻，有的人在生命内部求索，他们都有一个共同点，就是力图改变当下的生活。

当他因生活压力而备感疲倦的时候，便会识趣地离开，因为他知道哪里才是自己的家。

如果生命没有意义，我们反而会生活得更好，不用带着意义沉重的包袱去生活。

今天是平安夜，我收到了许多礼物，今天是特殊的日子吗？一声“Merry Christmas”，把我整个人瞬间带入了这个节日。在如此浓郁的节日氛围中，我开始反过来质疑这些节日的真实性，今天只是成千上万个普通日子里的一天，说到底今天和昨天没有任何区别，我还是一如既往地过着自己的生活。人类似乎总想找些日子来庆祝，难道是因为日子过得实在太单调，还是为了找寻活着的某种意义，用一些特定的仪式刻意来表现？我想这得问我们人类自己。

怎样去过上一种灵魂的生活，还是根本就不存在灵魂的生活？

没有反思的生活就像空气一样灰飞烟灭，虽然活过，却什么事都没有发生。

对于我们来说，明天的生活只是今天的重复，面对日复一日的生活，我们彼此麻木的脸上都写着茫然。过一天是一天的日子怎么样才算走到尽头，可我们已经进入了这个世界，就请到这个世界的最深处，来重新审视这个世界。

我们只有真正走出了生活，才不会让自己蒙蔽了双眼。

离开令人窒息的生活，去竭力倾听自然的声音，自然的声音即是你内心的声音。

你不能选择生活，生活就会选择你。

因为对于整个世界来说，个人显得太过于渺小与无力，所以每天我们都坚持做着力所能及的小事。

不断地遭受自己良心的谴责，又不断地做出违背自己良心的事，最终堕入虚无主义的泥潭，这就是他曾经的生活，如今虚无主义的幽灵已经离他越来越远了。

在这个价值普遍失落的时代，虚无每时每刻都在吞噬着人的生命，但有人告诉我生命就该是如此，这是及时行乐的意义。

在生活中总是睡不着，也醒不了，这种感觉是十分难受的，像有什么东西压迫着自己快要喘不过气。

堕落对于一个人来说太容易了，如疾速流星般坠落后，想要重新振作却是难上加难。

自从人类有了语言以后，闲谈便成了人们日常必不可少的消遣方式之一，适度的闲谈自然是有益的，多了就会适得其反。

在生活中我看见许多人正饱受无聊的折磨，精神上的空虚使人更加无所适从，正像是一座偌大的监狱，这看似无形的摧残对有些人来说，简直是对自身最严厉的惩罚。

需要有安静的环境、适宜的温度，还有清新的空气才能彻底激发我的生活状态，我忽然发觉，自己所说的上述三点在我们这个时代竟成了可望而不可即的奢侈品。

堕落并不可怕，因为它是自我救赎的起点。

他不想使自己的生活陷入永无止境的纠葛之中，他只想使自己的生活尽可能变得简单，如水晶球般纯净、通透。

恢复正常的生活只是找到了一条正确生活的途径。

因为虚无，这个世界似乎总会有大事发生，没有大事也要弄出点大事，并得以广泛传播，人与人之间便有了交流的共同话题。有些仅仅是出于有趣，因为无趣的世界是空洞的、令人乏味的。

争论是要讲理的，否则就是诡辩，最后演变成一场无休止的争吵。

活着不应该每天都像在接受末日审判。

人要有多堕落就会有多堕落，这段时间我几乎把自己过去所做过的事重新做了一遍。我可以去过许多种生活，但那些都不是我想要的生活，我只想过一种真正意义上人的生活，每一刻都备感充实、安稳，并问心无愧，这才是我想要的生活。

不知不觉我的生活已完全纳入了他人的轨道，那是被假象掩盖了真实之后的生活。

难得体验到一种幸福，便会想如果每天都是这样的生活那该有多好！可惜幸福总是如此短暂，每当你找到它时就已经临近终点了。

我不属于生活，生活应属于我，我享受着生活带给我的每分每秒。

生活对于他来说就好似一个偌大的试验场，肉体是工具，灵魂是目的，他独自承受着生活试验的代价。

既然所有的生活都是同一的，就让我们尽可能地去获取更多的快感，这是一种纯粹享乐主义的观点。

他想他应该远离酒精与游戏，彻底告别这种神魂颠倒的生活。

无聊、困倦、迷茫都是一种致命的诱惑。

一个人，让他过上养尊处优、纸醉金迷的生活，即使一颗再强大的内心也必定会受到严重的削弱与消磨，人毕竟不是神，也不可能成为神。

学会生活就是学会拒绝。

我只想做到真实，尽可能地真实——不需要任何谎言来掩饰的真实。

诗意的栖居是人类本该有的生存状态之一，是最接近于幸福的一种生活。

对生活中每一个坚持的人都要表示出应有的尊重，无论其有多么渺小、卑微，哪怕是其做着微不足道的事。

为了过上一种纯粹的生活，相比热闹喧嚣，他宁愿选择沉寂和安宁。

生活可以按下停止键，却不能画上休止符。

自以为活得多么高尚，实际却活得多么卑微。

事实上，他是可以选择自己活得更为轻松、活得碌碌无为、活得浑浑噩噩，但他内心的声音对自己说：那并不是他想要的生活，他要通过自己的实际行动赋予生命以更多的意义。

过去我一直犯着一个错误——他人自有他人的生活，没必要将自己看似美好的生活强加于对方，一旦不合适，对于他人是灾难，对于自己是负担。

仔细想想自己的生活方式，当其变成两个人的时候必然会导致其中一个人的不适应，除非一个人完全处于支配地位，另一个人完全处于从属地位。

人们总希望在日复一日的生活中有着持续而稳定的输出，可惜这样的幸福生活并不存在。不确定性始终困扰着生活中的人们，使你做出常人难以理解的事，这并不需要大惊小怪，因为在一切风波过后，要记住你还是那个你，这一点从未改变。

人有时为了找到一样东西就会像患了强迫症一样，发疯似的到处去寻找，越得不到越想得到，但对生活来说这东西是显得那么无足轻重、可有可无，这就是人们在日常生活中所追寻的意义。

今天就这么过了，仿佛什么也没做，那明天呢?

除了读书，就是洞察这个世界，它们构成了我生活的两大旨趣。

在我怀念过去的同时，我发觉自己是在向往一种简简单单的生活，简单到不能再简单的生活却几乎时刻充满着幸福的芬芳，它使我更明确了自己生活的目标。

赤裸裸地坦露，毫无保留地述说，活得更加洒脱，可能略有些带刺，这就是他想要的真实。

希望自己活得比任何人都真实，虚伪的生活真的很累，也必然不简单，与我的心意相背，这不是我想要的生活，也不是我所追寻的意义。

假装融入现实生活，内心却是无比厌恶，这是多么矛盾的生活，内心的苦闷又有谁知道？为了继续“正常”生活，他必须假装生活，挣脱逃离不出就只能独自面对。

其实在现实生活当中我们彼此都过得很无力，有时无力到根本无法做自己想做的事，做什么事都会觉得无精打采。这个世界还叫我们不要去多想，说这都是多想出来的毛病。

本身就是个无比懦弱的人，更无从挣扎，但他的内心绝不会屈服于生活。

即便格外厌倦，迫切想要去改变什么，可自己已经离不开这样的生活了，难道需要置之死地而后生？其实换一个环境，人没变，还是过着同样的生活。

人在任何时候重新走向正轨都不晚，就怕永远处于脱轨失控之中。

我很佩服那种把每一天都当最后一天过的人，最终还是因为自己生命的莫名延长而懈怠下来。

想想那些曾经深陷苦难中的人，你就会想到自己究竟该如何生活。

单纯物质上的窘迫并不可怕，可怕的是整个人精神上的贫乏。“一箪食，一瓢饮，在陋巷，人不堪其忧，回也不改其乐。”这不正是古人所好之乐趣吗？焚香默坐，消遣世虑，生活虽极简质朴，却怡然自得也。

迎着和煦的暖风，晒着慵懒的阳光，我还是过着我想要的生活，在无欲无求中有所为有所不为，虽是一个人的生活，也不会感到任何孤单。

当你开始思考人生的时候，你就会发现上帝为你打开了一扇门，经由这扇门你可以看见一个与过去完全不同的世界。

无所事事的时候是我最容易开启工作的时候，他人开启了游戏，我开启了工作，是回忆过去还是开启未来，需要我去抉择。

当我想离开生活的时候，我忽然发现自己根本走不开，生活用各种方式与我捆绑在了一起。

为了迎合大众，难道连反思都带有了娱乐化的倾向？

应该说如今人类生活内容的丰富程度已经远远大于人类生命的长度，穷尽一辈子也看不完、享受不尽，创造会因此戛然而止吗？

一个人想过什么样的生活，与过不了什么样日子的苦闷，永远在路上。

失去了危机意识的人类是佛系生活滋生的土壤。由于生活环境的变化，我们会变成原本不想变成的人，试着接受这副样子并习惯于它。

每个人都只关注自己的生活而忽略了他人的生活，实际上他人的生活也是你生活的一部分。

为什么反思？是为了不让自己成为自己所厌恶的人。

如果有一天我无法再思考，我会感觉自己活着比死去更加难受，因为我还未找到自身生命意义之所在。

其实我们每个人都能在社会之中找到相类似的个体，每一个人都是自己的一面镜子。

每个人的时间都是一样的，他做了这些事，她做了那些事，按照他们彼此的兴趣，自然就造成了他们彼此的不同，各有所长。我们这个世界就需要这种多样性，而不是强迫每个人每天只能做同一件事，这样的世界是多么单调乏味。

人的生活是有惯性的，他们通常很容易陷入某种生活中难以自拔，或许换一种活法他们会变成另外一个人，至少尽可能成为自己想要的样子。

忏悔是脱胎于原罪的，反思与忏悔一样兼具有否定性的倾向，但绝不等同于忏悔。

你之所以不能成为他，是因为你不能过与他同样的生活，绝对不能忍受同样的寂寞。

我会去尝试一切我没有尝试过的东西，但这并不代表我喜欢它。

每个人都是在背负着自己的过去而活着，有些人试图去改变自己的生活，却被命运又一次无情地击倒，最终发现自己曾经的努力皆化为了泡影。

完全看透一个人是可怕的，不要轻易试图去看透一个人，宁可永远蒙上一层神秘的面纱。好不容易刚从一个深渊中走出来，本以为解脱了，却又不小心掉进另一个深渊里，或许这就是生活。

在这个不断变化的、充满未知与不确定性的世界里，只有反思才能使我们把握某种确定性。

当人突然将自己手中的一切活动消停下来时，他便开始反思自己了，那短暂的一瞬间整个世界可能为之改变。

昨日他在自己的生活中总结道："我的生活其实只要有烟、有酒、有一部手机、一张床就行了，你看那是多么简单。”他的生活好纯粹，纯粹到令人窒息。

有的时候会很迷惘，就像玩游戏玩到一半戛然而止一样，正在兴头上的我为什么要停止？不继续吗？可我为何迟迟不能继续？生活的顿挫感使我产生了恐惧。

事实上他从没有停止过尝试，试着用尽可能多的方法走出一条属于自己的路。

历史与文明

历史永远是最令人玩味的，你越往上就越会发觉，无论身处哪个时代，那些最有智慧的人谈论最多的就是历史，咱们中华民族上下五千年的历史就是一本活生生的教科书。

整个二十世纪人类历经了两次热战和一次冷战，这完全是对人类进步观一次又一次的嘲讽，有多少人在其中几近绝望，人类将会永远进步似乎是一种错觉。

正义是一面多面之镜，从中折射出不同人的不同视角，然而在取得共识的问题上却应该是唯一的、普世的，呈现出单面的特征，否则我们人类将无法继续生存，永远处于无休止的争论之中。

后人对前人留下的遗产不断挖掘，是建立在反思当下的基础之上的。

正义是一道泾渭分明的横线，划分出善与恶的边界。

马克思理论是真正实践的哲学，从没有一种哲学能够像他这样影响世界、改变世界，并且至今仍发挥着举足轻重的作用。

正义永远要用实力来说话，哪一方取胜，哪一方即可声明自己是正义的，也可以说实力永远站在正义这一边。

在经历了历朝历代多次中央集权之后，皇权依然并非是至高无上的，在“仁义礼智信”的教条下更不可能为所欲为，因为这是政治合法性的基础。身为皇帝，虽万人之上，从小到大却受到了诸多束缚与制约，感觉活得太累，累心又累身，自由只是一种虚妄，早已厌倦了宫廷的权力斗争，“无为而治”或许是一种出于无奈的结果、不得不为之的选择。

当皇帝整天被人供着有什么好，每天遇到的、看到的全是虚假的，皇帝一出了紫禁城便什么都不是了。

作为君临天下的王者，不怕人贪心就怕人有野心。

任何不合时宜的都是具有毁灭性的，过分的超前可能意味着极端的倒退。

民主是个好东西，但民主并不是万能的，它不像有些人想当然地认为只要实行民主制就可以解决一切问题，相反民主也有可能产生奴役。通往地狱之门时刻在向我们人类打开，我们必须时刻警惕来自日常不经意举动的威胁。

当人类发现或创造了一种新物种的时候，有意识的剥削与奴役便开始了。随着新物种的反抗与斗争，人类会重新进入一种动态平衡之中，这种循环似乎一直在历史上不断发生着、消解着，有时可能产生出毁灭性的力量，冥冥之中，这种力量正蚕食着它本身。

只要有人的存在，世界上就没有完美的制度，只有合适的，没有最好的。

一个伟大的人应该敢于直面错误并及时纠正自己，一个伟大的国家、民族、党派亦是如此。

极端的平等带来的灾难或许只有一个好处，就是使生活在其中的人们有一个几近公平的发展机会，一个被彻底洗了一次牌的社会，重新再出发，由此产生全新的社会阶层。

不存在绝对的好与绝对的坏，在经历过剧烈的阵痛与无比曲折的弯路之后，我们国家有了自身的制度性优势，创造出了当下的经济奇迹。一言以蔽之，能让老百姓过上更好生活的政府，我们就要毫不犹豫地坚决拥护。

所有事并没有你想象得那么好，也没有你想象得那么坏，现实就是这样。

历史失去了后人的忏悔，它将变得黯然失色。

国家机器就是一种至高无上的权力，通过运用这种权力将一部分不服从的人强制纳入其前行的轨道，无论这条轨道的方向开往何处。

启蒙时代虽早已逝去，但我们依然需要不断启蒙。

人类进化需要几千年，人类从进化到退化可能只需片刻。

这个世界上依然有许许多多的人生活在恶劣的暴力环境下，受这种极端氛围的影响，暴力正在改变着他们每一个人的命运。

假如人与人之间没有了差异，世间便成了一座地狱。

形式主义发展到了极致，企图机械性地统摄一切，最终的结果只是徒劳。

从各个国家的宪法中就能看到人类文明的发展成果，在绝对权力下仅有的个人隐私也会变得无所遁形。

民主也要加以节制，发展到极端的民粹便会有产生极权主义的危险。

权力可以通过对话语的掌控塑造他们所需要的人，有一点可以肯定：国家作为一个整体，不应当属于任何个体、某个派系或者利益集团，它应属于生活在这片土地上的全体人民。

罗马共和国的政体混合了君主制、贵族制和民主制三方面因素，与之相对应的执政官（行政权）、元老院（司法权）、护民官及公民大会（立法权）具体表现出来，这是三权分立的雏形。

难道上帝死了我们便可以无法无天了吗？

这个世界绝大多数苦难都是由人类自己造成的，并且每时每刻都在发生着，纯粹的自然灾害只是占到极其微小的一部分。

道德是人治的基础，人治一旦失去道德作为支撑，就会演变成赤裸裸的暴政。

西方的道德源自宗教，中国的道德出自孝悌。

任何政治体制，合适的就是最好的，它没有统一恒定的评判标准，但必须遵循某些共同的普世原则。

围绕着人性的问题数千年来人们争论不休，始终悬而未决，这是人类一直无法克服的内在矛盾，于是便对其采取了一种天生不信任的态度，必须设计出一套权力监督与平衡的机制。

无论持有何种意识形态，世界各国都纷纷标榜自己是民主国家，民主已成为获取政治合法性最有效的途径之一，当民主成为一种形式、一种工具、一种手段时，民主已不再民主。

历史一方面给予我们某种确定性的知识，另一方面对整个人类文明进行深层次反思。

相同的制度应用到不同的国家总会出现与之相适应的变化，有的更是极其漫长的阵痛。

没有变革也便无从保守。

历史是一种检验，让我们无限接近于真理。

当一个神话破灭之后，一切都将推倒重来。

看到极权主义所带给人类的苦难，从此他再也不相信任何乌托邦式的幻想，成为一个坚定的现实主义者。

古典启蒙思想家通过预设人的自然状态推导出人的自然权利，然而所谓的“自然权利”只是现代文明发展的产物。

没有历史我们无从知晓现在，没有现在我们无从遇见未来。

这是一个希腊化的世界，不得不说是古希腊先哲们的胜利，现代文明的基础源自古希腊，它离我们实际并不遥远，看看我们吃的穿的住的用的，它就在我们身边，与我们形影不离。

在现代化的浪潮中，原本诸如美国之类的新兴国家却显得有些“古老”。

人死了不能说话，于是便有许多自称为其忠实的信徒的人代表他说话，由此便闹出了许多笑话。

一个国家一旦分裂，时间一久便很难再重新整合起来，除非通过战争，现代社会的战争岂是一件容易的事。

古时候的人曾执着地相信人能成为圣人或神明，恰恰相反，现代人认为人随时都有可能演变成为恶魔，于是他们不再期盼所谓神明的出现，想尽一切方法只是为了防止人间恶魔的再次降临。

历史对我们实在太重要了！这需要我们尽可能地去还原历史真相，触及一些更深层次的东西，而不是仅仅停留在历史的表面，它能带给我们对人类自身更深刻的反思。我们是怎么来到现在的？我们现在应该怎么去做？去构建一个什么样的未来？我们从哪里来？我们要往哪里去？相信答案皆已显现在历史之中。

改革通常是自上而下的，革命通常是自下而上的。

对内集中，对外扩张，所谓道德只是权力的另一张面孔。

原本就是同根同源，却因为曾经意识形态的差异而走向分裂，甚至成为势不两立、水火不相容的死敌，这是一个民族的悲剧还是一个国家的悲剧？这种悲剧究竟是由什么原因造成的？在过去的德国与越南，现在的朝鲜半岛依然发生着，想来这样的悲剧竟是由人类自己一手造成的。

在古希腊雅典城邦生活着的公民们通过奴役他人获取闲暇，到了现代社会，工业化大生产使自由得到空前的解放，更多人获取了闲暇。从为人所役到为物所役，人类在创造巨大物质财富的同时，自己也不知不觉地被异化为物的一部分。

极权主义是异化的最高表现，以他人意志替代自我意志，自我完全消融于他人意志之中，以至于分不清自我与他人的界限，所有人被同化为一个人，一个人的意志即是所有人的意志。

就现实的影响力来说，马克思是无人能及的，其影响之深远是任何一种学说都不能比拟的，甚至实现了他渴望改造世界的愿望。

如今我们所看到的美国是年轻的，同时又是古老的，年轻是指它的建国时间，古老是指它的政治体制。

人间就是人间，天堂与地狱不应该出现在它不应该出现的地方，一切通过某种程度的努力试图将它应用于人间的企图都是徒劳与无果的。

历史主义总是倾向于把偶然的东西定义成必然，说已经发生的事实是历史不可阻挡的潮流，试图从中寻找出某种规律性的东西，并自封为科学，以此为根据推导出其所构想的绝对未来，殊不知这是一种十分危险的举动。

历史应该使人懂得渺小与谦卑，相反，历史主义却使人变得桀骜不驯、妄自尊大。

西方文明貌似断裂实际却传承着，真正改变了我们的世界；中华文明貌似传承实际却断裂着，此时的裂痕已经很深。

马基雅维利式理想中的政治家，说邪恶他可以变得很邪恶，说善良他可以变得很善良，最重要的是需始终怀有一颗正义之心，能把握住其中的分寸。不择手段也是需要有限度的，不能超越法的界限，否则因手段所引起的巨大危害会改变目的与正义本身。

一百年前的中国与现在的中国是两个截然不同的世界，我们与自己的过去正呈现出一种完全割裂的状态。这种割裂是传统文化的失落，以至于我们开始不能辨认自己的过去，不知道自己究竟从哪里来，仿佛是在一个全新的世界里诞生的，不知道如何去弥合这种裂痕。这种割裂所留下的伤痛随着时间的推移正变得越来越重、越来越深，已成为整个民族对自身存在感的普遍失落。

人在权力面前太过脆弱，人只是权力的工具，权力需要的是不破不立，只有这样才能更为长久地保持其至高无上的属性，于是一部分人必然会成为牺牲品。

对于革命无须有任何幻想，因为这个世界永远是少数人统治多数人的。

所谓的天堂只是比过去更加精致的地狱。

不平等是人类为了发展自身而导致的结果，这个世界会永远不平等下去。

理想的初衷永远是美好的，起初是某些人的梦想，最终却成了所有人的梦魇。

一个再伟大的人也不可能让每个人都服从并听命于他。

古代只有待在皇宫里你才是真正的皇帝，离开了皇宫便什么都不是了。一个皇帝内心的苦闷又有谁人知？背负着整个家族的期望与使命，身居九五之尊却不能真正成全自己，最终无奈只能沦为整

个国家的牺牲品 。

权力支配的最高形式不是简单地对肉体进行奴役，而是完全处于严密的精神控制之中。

你向后看得越远，才可能向前看得越远。

这里不会爆发过去已经发生过的危机，如果有危机，那便是前所未有的危机。

权力不是使人无法无天，为政者应当时刻存有一颗敬畏之心。

在自由民主观念的不断渗透下，仿佛独裁与独裁者永远是个贬义词。人们因为恐惧而趋向于独裁，因为民主解决不了恐惧，有时只会让恐惧者更恐惧。

令人十分惊奇的是：历史就是由当初几乎被所有人都认为是荒诞怪异、格格不入的人所创造的。

深度恐惧的背后带给人们的是极度的绝望。

尽可能防止悲剧再次重演，只能减少却不能真正杜绝，绝大多数的灾祸与苦难是人为造成的。

对于一个伟大的人来说，所有后人的行为只不过是他的注脚；凡是被称作伟大的，必定在人类的历史长河中具有永恒性。

死亡与战争

死，作为一种不可能在活着的时候亲历的事，它永远只能是一种形而上的思考。

名利富贵一如过眼云烟，人在临死前的最后时刻回想起的还是其所经历过的最纯真的快乐。

忽然听闻有一个人死了，是那么意外，才发现死亡原来离自己是如此之近。谁都无法预料自己会在何时死亡，但谁都可以确信死亡正一步一步向我们逼近。

死亡是必然，活着是幸运。

疾病与死亡无不在展示着生命的脆弱。

人生的意外无处不在，我身边又有一个熟悉的人过世了，永远离开了这个世界，此刻我感觉到自己活着便是最大的幸福，便不会再去奢求什么。

假如人将自己活着的每一天都当作生命中的最后一天，你会做什么？大限已至，人之将死，我们不会再去拼命地挣钱了，我们只想做一些更有意义的事情。

人从本质上是最不能抵抗时间的动物，我们都害怕衰老，更恐惧死亡，却不得不接受这样一个既定的事实。

死亡是不可抗拒的，生生死死，能够洞悉生死是人生的最高境界。

中国人通过认祖归宗，看透生死，参透自己生命的意义。

只不过是虚惊一场，生命每时每刻都在迫近着死亡，近到自己几乎可以触摸到死亡每一次的气息。

当人老去的时候就越接近死亡，总想在这个世间留下些什么，而不是一味地过着循环往复的生活。

当讨论到关于人类终极问题的时候，在场的所有人都沉默了，因为他们面对的都是同一种结局——死亡。

如果一个人连死亡都不畏惧，那他还有什么畏惧的呢？此人已无所畏惧，一个无所畏惧的人是“可怕”的。

人存在于这个世界，并成为世界的一部分。死亡的存在使人独立于这个世界，死亡的那一刻是对生命的最为完整的显现。

死去的人是通过活着的人去感知他们的存在的，随着时间的推移，活着的人也渐渐离去，直到被所有人都遗忘。

死亡是生命的最后一部分，没有死亡的生命是不完整的，生命通过死亡得以完全。

自杀的反面不是苟延残喘，而是被他人判处死刑。

在认知到生命的本质以后，自杀是一种难以拒绝的诱惑，只有生命的强者才能真正挺过来，并支撑着自己继续活下去。

人对空虚的忍耐力异乎寻常，难道这不是一种残忍的折磨吗？所以有的人经受不住而选择了自杀，有的人活着却像死了一般，他们感觉不到这种痛苦，因为他们的心灵早已麻木。

自杀需要两个要素：一是认识到生命无意义的荒谬；二是克服自己对生命的依恋。

人活着需要不断地充实自己，而不是在虚无中耗费自己的生命，这样的人活着犹如死了一般，倒还不如死了好，什么都没有。我并不惧怕死亡，相反活着却要承受各种各样的附加物，有些东西是你不得不承受的，所以死亡是一种终极解脱。

“幸亏世间还有死亡这种东西，人活着有时是一种莫大的痛苦。”他在心里自我安慰道，死亡本身就是一种生命的慰藉。

对于漫长的一生来说死亡不过是一瞬间的事，到头来我们的生命时刻等待着的就是死亡，尽管死亡的期限一而再，再而三地被拖延。

终有一死的人还没有领会到自己生命的意义，死亡就突然间降临了，一切随之成了一个永恒的谜，随着自身的死亡而消失了。

看着一个活生生的人在我面前消失，我意识到终有一天自己也会消失。

死亡是不可避免的，可生命总是以其特有的方式延续着。有些生命不会被死亡吓倒，因为他们早已做好了准备。

他死了，过去既定的事实皆已化为泡影，随着时间而消散。

子曰：“朝闻道，夕死可矣。”道离我们究竟还有多远?

每个人都不得不一个人面对死亡，大家都会孤单地死去。

当所有举措都无法有效解决问题的时候，战争成了解决问题最后的方法。

每个人都是一个世界，一个生命消逝了，又少了一个世界。

生日只是个象征符号，提醒活着的人们日渐衰老，离死亡的距离更近了。

万事万物，我们只能尽可能地延长它的寿命，却无法杜绝其最终走向衰亡。

死亡无可避免的性质导致我们在日常生活中几乎遗忘了它的存在，因为在无意识中这是我们都默认的事实。

出生可能是不平等的，死亡注定是平等的，一切不平等在死亡中归于平等，幸亏这个世间还有死亡的存在。

死亡是人类永恒的话题——关系到自身终极意义的问题，看看历史上那些伟大的人物吧！人正是感受到了死亡的气息才变得不朽。

夜幕的钟声业已敲响，浑厚的声响在空气里回荡，他意识到自己所剩的时间已经不多了，在所有东西中他最在乎的就是生命的体验，即使大限将至，也死不足惜。

在战争年代，人活着的目的不是保全自身，竟然是杀死对方？在极端的氛围下人性的恶就会得到可怕的扩张，做出许多令人发指的事情。

任何极端的生活体验（喜怒哀乐）都与死亡相近，人就是在不断做着无意义的事的过程中逐渐接近死亡的。

对于一个即将离开的人来说，这里的一切都已经不属于他，而是属于未来的你们的。

那一刻死亡离我是如此之近，仿佛整个身子处在了生命的临界点。

死亡的意识时刻指引着他尝试过上一种更有意义的生活。

比死刑更可怕的是永无止境的监视居住。

战争当中的人存在着各种死亡，唯一没有的是正常死亡。

生命从来都是严肃的事，这个人已死，在这个世间又有什么证据证明他曾经存在过呢?

能活到现在（在战场上），你比大多数人都幸运。

面对死亡的压迫与恐惧，生命越趋近于死亡，生命就表现得越粗野（丑陋），因为恐惧失去理性的人们显得越发放纵，放纵的结果注定是会伤害他人，可放纵过后还剩下什么？不放纵又能剩下什么？我看见生命在生死之间做着最为艰难的挣扎与抉择。

当炮声与子弹的呼啸声成为一种习惯，人们再也感觉不到最初的恐惧。

他没在参与战争，他是在体验战争。

很多时候战争通常是被迫的，人们根本不愿进行战争，为了捍卫自己的家园却又不得不拿起武器奋起反抗。

他宁肯为了自由经历战争之苦,也不愿为了和平饱受奴役之痛。

这个世界有些人永远地消失了，我说的不是死亡而是失联，如同死亡一样，消失于人们的记忆中。

生命是脆弱的，任何一种疾病与意外都会轻易夺去一个人的生命，生命就这样无声无息地消逝了，不留下一丝痕迹。

终日陷于贫困的人是不会自杀的，自杀，是因为不能承受现实中的一无所有与过去成就的巨大反差。

临近死亡的时候，人对永恒意义的追求很强烈。

人工智能不会自杀，即使自我破坏也是预先设定好的，而人类是可以有意识地自杀的，人工智能不会明白人类为什么会自杀，以此了结自己原本就极其短促的生命。

他并没有选择自杀，坚持活了下来是为了减少更多周围活着的人的痛苦。

现在很少有人是由于不堪忍受肉体的痛苦而自杀，通常自杀是灵魂反叛肉体的一种表现。

死亡能使伟大的人物变得不朽，还在世就说明会犯错，是人都有犯错的可能。

理论上人是无法体验死亡的，人的体验仅限于活着的时候，死了便什么都没有了。

人没有死亡的体验，只有临死的体验，死亡会在不经意间来敲门，或许只是个巧合、纯粹性的偶然现象。

难道面对死亡我们只能享乐？在苦难而短暂的人生中及时行乐。

在没有战争的国家人们害怕战争与动乱，习惯了昔日的和平；在处于战争状态的国家，当地民众却对一切都早已习以为常了。

自杀，只有自己才能决定自己的生死。

无论我过去怎么样、现在怎么样、将来怎么样，我都在做着自己该做的事，继续完成我的使命，然后死亡，永远地消逝。

当一个人临近死亡、亟待终结的时候，他会去做什么？

死亡，不，应该说是消亡，把一个人从这个世界彻底清除出去，没有人会记得，他自然也不会记得自己。

没有经历过的事物才会引起人的焦虑与恐惧，死亡正是这样一种体验，凡是经历过就没有以后了——那种发自内心的深度惶恐。

实际上一个人的死亡和一个小动物的死亡并没有任何差别。

胆大的人已经牺牲了，胆小的人早已逃之夭夭，这里还剩下些什么？

只有真正经历过战争与灾难才会使人变得清醒，这里无时无刻不透露着死亡的气息，好像走过的每一秒钟都会有人倒下，然后永远地消失。

人是会失踪的，突然地失踪，然后长久地消失在你的生命里，直至永远。失踪的人曾经在你生命中的某一刻出现，犹如昙花一现。

没有战争与灾难的洗礼，人类将会变得为所欲为。

我们的出生是不能控制的，但是我们可以支配自己的死亡。

一个旧生命的死亡预示着一个新生命的诞生。

文化与艺术

一个国家语言中的词根词义显示着这个国家的文化与历史倾向，符号，那本是一种隐秘在深处的记忆。

诗人的创作关乎人的灵魂，犹如艺术的其他表现形式一样，音乐、绘画、舞蹈，雕塑、建筑，等等。诗也是其中一种不可或缺的形式，却在这个时代永远地离我们而去了，一切随着技术的深入而消逝。

现代技术在人类艺术方面的应用最显著的便是电影，它几乎将所有艺术汇集交融在了一起。

作为一部能赚钱的作品，其他的一切都已不再重要，这年头无论其有多么烂，还是会有一大群争相追逐的粉丝，因为我们正处于一个价值严重真空的时代，没有东西可以长久地聊以慰藉我们无比空虚的心灵，于是便诞生出了成千上万部这样的作品，人们早已见怪不怪并习以为常。

所有艺术都是对现实世界细心观察与思考反映的结果，它不可能凭空而生，更不可能从天而降。

无论文化差异怎么样，人与人之间对生活事物的理性判断都是相类似的。

多语言造就多文化，语言是文化的基础。

最接近自然真实的表演才是最好的表演，他不是真的在演戏，却是对生命最好的演绎。

那句“人面不知何处去，桃花依旧笑春风”，以喜写悲，乐极生悲，此乃至高境界，使读者不禁怅然若失。

他喜欢独自沉湎于中国传统文化之中，自我熏陶、自我沉醉，一个人默默地欣赏，为其深邃隽永的魅力所折服。她宛若一个亭亭玉立的古代女子，娇柔而不失典雅，妩媚而不失端庄，即使是回眸一笑，转瞬即逝的那一瞥，也令人心神荡漾，回味无穷，不知不觉为之而动容，伫立许久都不愿离去。此刻熟悉的旋律好似停留在心间，仿佛正在召唤他的灵魂回家。

在这样一个时代，成为一个生意人是一件十分容易的事情，也易于为旁人所接纳，但想要成为一个文化人却无比艰难，可能还不易为旁人所理解。

艺术已经市场化，其渐渐沦为人谋取利益的工具，就像是在加工厂中批量生产的复制品。

无论一部多么伟大的作品，如果不能引起我们深层次的共鸣与内心的震颤，它对于我们来说就是一张张白纸。

从儿童天真烂漫的绘画中，我们可以看见人类最初最原始的形态——那种未开化的状态，其中蕴含掺杂着大量非理性的东西，这反而令我们成年人备感困惑。

如今画家成为一种职业，成为商业化炒作的对象，艺术也仅仅是画家的艺术，而不是我们所有人的艺术，似乎与我们的生活无关。

他问我："为何现代的绘画，我们作为普通人越来越难理解？"我笑而不语，仔细思量其中的缘由，或许看得懂的叫作生活，看不懂的才叫艺术吧！

演戏的人与看戏的人，演戏的人演得撕心裂肺，看戏的人看得欲罢不能。

流水线生产，机械化作业，艺术也成了众矢之的，在现代化的浪潮下不可能独善其身。

物质的东西丰富了，人就会追求更高品质精神层面的东西，这是人活着离不开的两样东西。过去人的诗意栖居在大地上，而在互联网技术化的钢筋铁骨面前，诗意已离我们远去，可我们这个时代的精神依存在何方呢？

以归隐或遮蔽的方式展示美，所勾勒出的气质极具东方神韵。

和谐是一个整体，完美却需要靠近局部。

时尚就是把自己喜欢的乌七八糟的东西拼凑起来，形成一个整体，它是个性的代名词。

原来西方文化是牛鬼蛇神，现在我们的传统文化也成了牛鬼蛇神，我看见了一个又一个时代的来临与变迁。

我们须始终铭记：我们的艺术所指向的不是物，而是人。

艺术的世界是多元的，我们可以通过一个艺术家的作品去感知另一个世界。

作为观众都快看不下去了，不知你是怎么编下去、演下去、拍下去、坚持下去的。人类对事物的专注度着实令人钦佩，一切都是为了利益。

艺术作品的创作应该立足于永恒性之上，而不是一味地取悦大众和赚快钱。

人类认为现实中的世界并不完美，于是虚构了另一个理想中的完美世界，并把它拍成电影或电视剧。

留下美的东西，定格住，并赋予它意义。

梦

由于梦的差异我与他成了不同的人。

人对未知的事物是有一定预感的，可这世上永远没有百分之百的东西。

一睡觉就做梦，闭上眼睛脑海里满是梦的影子，睡一觉连续做了几个梦，直到醒来，梦依然萦绕在我的周围。

昨晚他接连做了两个怪异的梦，这就是他睡眠的全部。这么多年过去了，曾经极度严重的神经衰弱依然在他身上隐现，极度的紧张使他几乎说不出话，僵硬的表情不由自主，感觉整个身体都在颤抖。

我很佩服那种为梦想而活的人，因为这会使我回想起自己的过去，可惜现在的我几乎已经没有什么梦想可言了，或许仅有的梦想也是与金钱有关。

一旦入了梦境，我便入了眠，就再也难以苏醒过来。

我什么都可以放弃，就是不能放弃梦想，没有梦想的人生将是苍白无力的，就像一只在茫茫大海中迷失的海鸥，始终寻找不到自己回家的路。

我下意识地用双手捂着自己的额头，闭上双眼，努力回想过去所发生的一切。我发觉梦虽已醒，自己却依旧活在梦中。

一切如梦似幻，一切如影随形，仿佛就在昨天，难道我还深陷在这醒不来的迷梦中无法自拔？一切的一切都告诉我，这就是生活。

他是一个生活在现实中的梦中人，拥有着虚幻世界中的隐秘体验，并把它带回到现实中。

我感觉自己不是走在花园的绿荫小道上，而是走在自己的梦中，身边的人一个个都消失了，只剩下我一个人，独自游荡、徘徊、陷入沉思……

在老式公房同一个楼道里竟发生了如此离奇的事，迷梦折叠了起来。当我们上楼时一切都显得一如平常，但当我们下楼时离奇的事就忽然发生了：不知不觉我们走的楼梯竟然颠倒了过来，难道是一开始就走错了路？我们尝试着走下楼梯，当走到二楼时，我们开始不知所措，不知道怎样才能下到一楼并走出去。一味地等待只会使我们越来越焦急，于是我本能地顺着楼梯的栏杆滑了下去，似乎我这鲁莽的一滑也陷入了无底洞，顿觉眼前一片漆黑。

小时候的理想现在看来很天真，一心只想做一个普普通通的图书管理员，这样就能一辈子与书为伴了——可见我当时的求知欲是多么强烈。

这个冬天，寒风萧瑟，他梦见自己被扔在一片荒郊野外，周围寸草不生、人迹罕至，他绝望了，必须赶紧逃离这个地方，他能逃离出去吗？

即使我再睡一整天，估计我的头脑也难以清醒，因为我一直在不停地做着奇怪的梦。

我经历了自己曾经历过与不曾经历过的一切，我是不是在做梦？

以前我的梦是分裂的，如今竟因为游戏而联结在了一起。

最近几天他连续梦见自己生活在一个世外桃源，那里山清水秀、人迹罕至，可不知怎么地却铁了心想要回家，想要逃离这里。由于身处在与世隔绝的大山之中，交通十分不便，为此他想尽了各种方法东奔西走，却发觉自己怎么也出不去，于是他绝望了，难道要待在这里一辈子吗？

他从楼上走到楼下，从楼下走到地下室，从地下室走向最深处，就这样走着，漫无目的地走着，只是感觉在最深处有什么东西在召唤着自己。终于他走到了那里，发现那里只剩他一个人，于是一切便发生了……

酒醒了，梦碎了，他忽然发觉自己的周围还缺失许多东西，于是他便开始了又一次寻找。

梦总是与记忆相关联，它可以帮助人加深记忆。

他几乎每天都做梦，做着形形色色的梦，但记忆力却不是很好，许多梦来无影去无踪，只能眼睁睁地看着它们在脑海中神秘般永远地消失。

只有在梦里我才能真正入睡，只有在梦里我才能更加清醒。

始终在为自己的梦想而活，有所坚持，不离不弃，这将是一件多么不易的事。

戏一场接一场，故事一环扣一环，我就这样做着绵延的梦，仿佛永远也不会醒来。

官渡阴雨蒙，回转少林门，一涟翠湖水，一日春城梦。

一早醒来，努力回想起昨夜做过的梦，从隐约可见到逐渐模糊，直至一片空白，只期望着有那么一天再做一次同样的梦。

昨日我做了一个奇怪的梦，梦见自己与朋友在遥远的青藏高原旅行，却被查出患有严重的高血压，后来被证明是虚惊一场，于是我不知不觉又昏睡了过去……

回忆充盈着整个世界，迷梦随着思念程度的加深不断变幻着固有的姿势，我究竟身处何方？

梦是可以反悔的，但人生不能反悔。梦压得人快要窒息，不得不从梦中惊醒，喘口气，但我还没有活过来。

每当凌晨从梦中惊醒，他知道自己的内心还有一股力量在隐隐作痛，醒来又睡去。

梦里经过的事仿佛什么都记不得了，一觉醒来就只记得那个她了。

梦自然也会有灵感，只是这些灵感大多数随着梦的消散而消散了。

有一种欲望的意向盘踞在我的脑海，久而久之它就会生出与之相关联的梦。

梦是一种即时性的物质，潜藏在你的意识流之中。

梦与现实有关联吗？几乎都是过去现实场景的重新拼接，我渴望回到那儿，却迷失在那儿。

每次做噩梦的时候幸亏可以醒来，暗自庆幸能够回到现实。

梦境里的内容与现实中的内容不一致，由此产生的差异引起了新一轮的自我惶恐。

性与欲

每一个人的内心之中都潜藏着一股深层次的欲望，有时显现，有时隐晦。

人在年轻的时候渴望的是性，中年的时候渴望的是财富，年老的时候渴望的是精神层次的深度交流。

人因无所事事而学习，人因无所事事而游戏，人因无所事事而工作，当最基本的欲望得到满足以后，人就又开始寻求满足新的欲望。

对于性的问题还有待人类进一步探究——从心理和生理以及社会角度去探讨，但把性上升为人类种种问题的根源一说显然是不可靠的，性本能并不能站住脚。

对于生活在网络时代的我们，性已经是一个公开的秘密了，不再有所隐晦，随之而来的便是人类自身羞耻感的荡然无存。

性与政治成为我们成年男士茶余饭后的无聊消遣话题，其实两者本没有关联。

对于性欲方面的需求他认为自己还是要隐忍为上，但绝不是禁欲，也做不到完全的禁欲，这就需要有节制地去生活。

年轻时候的欲望是最难以克制的，一层又一层的欲望，在身体里翻江倒海，一时激起千层浪。

好逸恶劳的本性总是在人心中生根发芽，尤其是当欲望在燃烧时，激情褪去的那一刻整个世界仿佛都停顿了。

他习惯独自在深夜的时候看着直播，看看那些人性的欲望在深夜中绽放。欲望是隐秘在人性中最原始的冲动。

仅从娱乐片来说，观众看的速度远远赶不上其制造的速度，这就是现代生活，充满情趣但又过于丰满，因过于丰满而导致极度空虚。

随着现代生活完全技术化，做爱是人类唯一亲近自然的过程？不，它也正在变得技术化。

“为了欲望一切都是值得的。”一个纵欲者如是说，却不知欲望本身的无穷无尽。

当性随着欲望的膨胀完全倾泻而出时，他知道自己的生活又恢复了原样。

欲望是一种既令人快乐又使人痛苦的东西，欲望是在行为的过程中逐步显现的。

一个年轻的男人对女人的兴趣仅仅停留于身体吗？我想是的，一个对自己的世界依然是懵懂无知的人，那么他（她）对另一个世界更加提不起兴趣。

可以预见未来社会，性早已不是什么秘密。

当人完全受自己的欲望驱使和支配的时候，人与禽兽之间并没有多少区别，甚至有时还不如禽兽，仗着自己有一副聪明的头脑，真的作起恶来他比谁都恶。

炽热的欲望在我梦境中燃烧，几乎不能自已，但我不可能一错再错，亲手将自己葬送在欲望的深渊里。

他有着极强烈的占有欲与支配欲，对自我与他人关系的理解可能还有些病态，但他还是要坚持表达自己的观点。他的女人——她不是一个独立的个体，她是他欲望的延伸，她是他身体的另一部分，需要无条件配合他做任何事，与他共同承担起随之而来的一切后果。

我凝望着她，她凝望着我，从她充满诱惑的眼神中我看见了自己身体里正在燃烧着的欲望。

如果一个人控制不了自己的欲望，又何尝能做到真正的自制。

性在本质上是陌生的，或者说人在本质上是不可理解的。与食物一样，性对于人来说是一种刚需，无论未来衍生出何种形式，它自有它的市场空间。

每当早晨醒来时，虚弱的身体与空虚的世界又浮现在眼前。

有些人可以完全通过幻想来满足欲望，有些人则需要依赖肉体满足快感。纵欲者只是一味地贪图一时的享乐，纵欲可以说是缺乏自制力的集中表现。

性助推了社会的发展，如果完全切割了性，人类就不会向前发展。很难想象一个失性的社会是什么样的。

没什么可以避讳的，对于一个正常的男人来说，色情片成了某种意义上的刚需。人在某个时刻会成为下半身支配的动物，只是有些人多一点，有些人少一点罢了。

每当欲望上头的时候，人的眼睛仿佛会变色，如同杀红了眼一般。性永远匿伏在人类的潜意识之中，通过意识上升为具体的行动。

性是一个很好的引子，把读者引入原本晦涩的作品之中。

甚至连做爱都提不起丝毫的兴奋，就好像是在完成某种仪式。

感觉自己杀红了眼，满脑子充斥着欲望——不要被一时汹涌的欲望遮蔽了双眼。

他的性只发生在自我的世界里。

性竟成了无聊闲暇时最重要的消遣，人在空虚时就会不经意地想起性，通过性的过程，反抗着这种空虚。性是扎根于身体的自然本能，因为完全的禁欲会使一个物种彻底灭绝，消失于世。

他本该意识到自己不应该这样生活,但心中的欲望却不由自主。

如同游戏一样，依赖性成瘾的人，生活无所事事，好像除了性，再也唤不起其他任何激情。

人最高级别的欲望不是占有欲，而是支配欲，这个世间最难的不是支配金钱，而是支配人。

情感

人类的情感是如此微妙，它可以使人乐极生悲，也可以把人整得死去活来，从天堂掉落到深渊，某种强烈的反差表现在个人身上。没有情感的世界将会是一片死寂，我们在痛苦与欢乐中体验着生命最真实的滋味，我看见一个个鲜活的生命在唱着歌、跳着舞，有的在微笑，有的在哭泣，还有的……

莫悲伤，离别本是这个世界最终的结局。

中国人的信仰就是认祖归宗，年长了总觉得要找个归宿，那是我们灵魂最后的栖息地。中国人总有一种难以割舍的家族情结，并把孩子当作自己生命最重要的延续。

没有欢乐与痛苦，麻木的心灵是最令人恐惧的。

阵痛是必要的，没有阵痛哪来觉醒。

不言而喻，许多人只是外表故作坚强，事实上总有一道挥之不去的伤口始终在内心深处隐隐作痛。

一个人容易厌倦是富有生命力的表现。

对于一个容易躁动的人来说，厌倦是再正常不过的情感了。

一个如此理性的人竟会突然说出如此感性的话语，一时间太令人匪夷所思了，也许这次他真的动了真情?

人有的时候会狂热，尤其在年轻气盛的时候，不懂得什么叫作沉着冷静，有的时候仅仅是为了一口气罢了，整个人会顿时陷入一种癫狂的状态，以至于无法自拔，在这种不服输的气魄下真正受伤害的却反而是自己。

厌倦是人类最普遍的情感之一。他，一个那么容易厌倦的人却在这件事上表现出如此的持续力，甚至连他自己都感到惊讶。

厌倦者想要立刻毁灭掉眼前的东西，用其他可以消遣或者沉醉的事物取而代之。

无感的人只会贪图一时的享乐，永远是过一天算一天，他忘记了过去，也忘记了将来。

人与人之间的情绪是会传染的，并影响到整个世界的走向，甚至起着某种决定性的作用。

由于对苦难的认知与理解完全不同，母亲死了他好像没有任何感觉，仿佛什么事都没有发生。

每个人处理情绪的方式都不一样，有些人通过外在直接表现了出来，有些人则习惯隐匿于自己的内心之中。

要记住这个世上只有一个女人会永远对你好，那就是你的母亲，无论其有多么唠叨，有时甚至是厌烦（反反复复问一件事），你都不能背弃她，因为这都是对你无微不至的关怀。有时我会故意不告诉她一些事，除非是极其紧要的事，目的是不想让她再平添任何烦恼，自己能处理就自己处理。其实告诉她也没用，反而徒增忧愁，这就是父母与儿女之间最无私、最真挚的情感。

中秋月圆之夜，似乎又回到那些年我在外独自漂泊突然想家的那种感觉，内心深处聆听家的呼唤，此刻心思如泉涌。人，或许只有远离家乡，内心才会徒增思念。

无论你变得怎么样，这世上唯一对你不弃不离的人还是你的衣食父母。纵然你这一辈子都是为了父母而活，那也是天经地义的事，因为你的存在即是他们最大的幸福。

其实回家最在乎的就是那一瞬间的感觉——那种在火车站焦急等候时的激动，那种对亲人久别重逢的殷切期盼！真正回到家以后便什么都没有了。

再过几天买上票，终于可以回家过年了，恍惚间我仿佛还停留在最初背井离乡时的画面，无意中竟过了许多年，不断在质问自己：这些年漂泊在外究竟做了些什么？家，如今成了自己内心当中唯一的眷恋。

口口声声说要离开，到头来还是离不开，因为有着太多的牵挂。

当你想要逃离一个地方的时候，家永远是你第一个想到的避风港。

男与女

当少女失去了隐秘，女人自然也就失去了羞涩。

男人喜欢走在人类的两端来回摇摆，而女人却是始终走在中间的那个人。

那种不善言辞、冰冷聪慧的女人，别看她不易接近，却能引起人更为持久的兴趣。

从男人眼中建构女人，从女人眼中建构男人，社会性别是相互建构的。

香消玉殒，再美丽的女人死去后也只剩下一副干枯的躯壳。

女人要是打扮起来都很漂亮，尤其是年轻的女人，年轻本就是资本。

美丽的容颜最怕的就是衰老，女人的天敌就是时间。

女人是唯一可以将男人从另一个世界拉回到这个世界的动物，由此从幻想进入现实。

脱光了并没有什么好看的，这对男人、女人都一样，相互袒露的是赤裸裸的身体，可怕的是人整个精神上的赤裸。

女人身上散发着的青春与活力永远是那么吸引人，无论是异性还是同性都会投来羡慕的目光。

女人们不得不接受一个残酷的现实：无论现在有多美，总有一天终将变成大妈。

自然从理解的程度上来说女性更容易理解女性，同样男性更容易理解男性，相互之间有着更为纯粹的友谊。

时至今日，男人与女人的关系正在发生着微妙的变化。丑女喜欢找帅哥，丑男喜欢找美女，从遗传基因错配的角度上并没有任何问题。

事实证明，她的感觉很多时候是对的，女人的感觉往往比男人更敏锐。

尽管都是人，男人与女人之间仿佛永远隔着一条难以逾越的鸿沟，在彼此的眼里可能都是一种奇怪到不可理喻的动物。

除了身体上的性征，长大了之后才不得不承认自己是男人或女人的事实，正是这种性征塑造了现在的自己。

单纯的胴体并不能展现出一个女性的美，美是需要有遮掩的，一丝不挂的赤裸有时反而会令人感到厌恶。

看一个漂亮女人脱衣服的过程透视着人的心理，犹如触犯着某种禁忌，窥视着某种隐秘。

看着一个赤裸裸的女人一丝不挂地站立在他面前，他竟不知从何下手。

男性生殖器的强势地位至今仍然无法改变，它彰显着男女不平等的根源。

在男人眼里女人永远是这世上最美丽的动物。

男人在乎的是过程，女人在乎的是结果，两者之间不可避免会产生矛盾。

女人会在原本冷酷乏味的世界里给男人带来一丝温暖与微笑。

男人是花瓶，女人是鲜花，再美丽的鲜花终有枯萎的一天，于是男人总想不断地变换着自己花瓶里的鲜花，试图让它永远盛开。

男人通过女人看见了这个世界的丰富多彩。

有些女人的心思千变万化难以捉摸，也许只有天知道她们的内心在想什么，太聪明的女人往往招人喜欢，又令人心生畏惧。

女人有女人身上独有的敏锐，能察觉到男人察觉不到的东西，她那双水灵灵的眼眸像猫一样紧紧地注视着我，搞得我拘谨得竟有些手足无措。

女人在经过一番精心打扮之后给人眼前一亮的感觉，可我却开始有些不认识她了，她于我也变得渐渐陌生了。

天性乐观开朗的女人往往在内心深处潜藏着某种不为人知的隐痛，她们表面故作坚强，内心却无比脆弱。

相信每个女性都有为人所追求的经历，那种心里甜滋滋的感觉，是青春留下的倩影。

女性男性化，不再成为男人的附庸，女性所表现出的强势，有的是主动，更多的是被迫。

女人比男人更爱干净似乎是天性使然。

她的眼神实在太犀利了，仿佛什么都逃不过她那双如同波斯猫一般敏锐的眼睛，好似面前一切都会被看穿。

对付女人最有效的手段莫过于用女人去遏制女人。

我喜欢像猫一样的女人，透过她们鬼魅般的双眼我能进一步看清真实的自己。

有的女人颜值很高，可只要一开口说话就会令人大失所望，空有一副外表的女人竟是如此令人作呕，以至于瞬间对她失去了任何兴趣。

一个男人的青春是建立在一个女人的青春基础上的。

男人通常是理性的，但有时女人的直觉比男人的理性更靠谱。

岁月是一把杀猪刀，年龄是女人最大的天敌，再有魅力的女人与比她年轻的女人放在一起也会显得黯然失色。

好的女人能够激发一个男人的斗志，坏的女人可以磨灭一个男人的心志。

一个年轻貌美的女孩总会令人感到心神愉悦。

一个女人最大的心愿就是，回到自己最青春、美丽、年少并充满活力的岁月。

两个性格都很强的女人斗起来，仿佛整个世界都要爆炸。

男人们总是期望与二十五岁以下的姑娘发生恋爱，因为这样的恋情无论从心理上还是生理上都属于恋爱的范畴。

对一个女人最大的羞辱可能就是对其外貌的贬低。

男人需要女人，在金融行业更是如此，女人每每会出现在男人最关键的时刻，以助其做出最明智的决断。

根深蒂固的传统使我们有着异乎寻常的处女情结，如果女人是二手，那男人是几手呢?

人们在谈论一个老女人的时候，总会显得那么不屑一顾，仿佛那是一个被世界注定遗弃的东西，因而青春对于一个女人来说更显得无比珍贵。

对于男人来说一看到她的人就会感到高兴，一想起她的年龄就会感觉恶心。

拿女人的身体作为筹码来换取男人的利益，那是男人惯用的伎俩。在这种男人看来女人只是一种工具，却有着两种功能，一种是泄欲，另一种是换取利益。

这是一个女性化的世界，所有的商品、消费品乃至服务都是围绕着女性而转的，甚至部分男性的审美也开始趋向于女性化，这是一个属于女性最好的时代。

女人通常都会比男人更敏感些，如果有那么一个人，既有女人的敏感又有男人的理性呢?

迷醉

为什么会醉酒？那是对长期压抑人性的一种解放，是对现实的一种反抗，迷狂不是无节制的享乐，它代表着这个真实世界的另一面，是人性最为直接的反映。

每次饮酒以后，我喜欢酒精浸润我身体的那种感觉，适度饮酒并不会酩酊大醉，饮完酒后的几天我的睡眠都会很好，这从一定程度上减缓了我敏感的神经。

那一夜，在酒吧里，他喝得醉生梦死，直到第二天中午才缓过神来。当他醒来时环顾四周，发现现实依旧没有丝毫的改变。

如果你碰到一个一喝酒话就特别多的人，想要一窥他内心的隐秘，那就请他畅快地喝酒吧！

人在迷醉状态下会将心里长期累积起来的压抑尽情释放，这显然是很有必要的。

酒精只会让身体的伤痕越来越深，麻醉了神经却麻醉不了记忆，你越想忘却记忆越深。

理性的压抑只有在非理性之中才能得到充分的伸张，于是醉酒就成了一种常态，人们疯狂地饮酒作乐，只为排遣心中蓄念已久的压抑。日神与酒神并不是对立的，而是互补的，使人成为一个完整的人。

酒精可以使人迷醉的同时也会令人感觉到亢奋，胡思乱想的我几乎整夜都没有睡着，是酒精的作用唤起了我沉睡中的记忆，勾起了我对往昔的无限追思。

酒瓶子散落了一地，他一手捂着头，一手仍拿着早已放空了的酒杯，还是不住地往自己嘴里送。越发迷离的眼神，凝视着前方，若隐若离，渴望在不省人事之前再好好看看周围的一切，此刻的回忆像潮水般汹涌而来，直至将其完全吞没，那一夜他彻底失去了意识。

过去没有麻药，只能依靠酒精，所以酒自古以来就是个好东西。

喝酒一开始是兴奋，之后才是迷醉。

饮着小酒，吹着夜风，心神微醺，知己相伴，千言万语，难叙此情，人生至此，岂不快哉！

男人醉酒的时候最需要一个女人（红颜知己）的陪伴，那种发自内心深处的渴望，简直迫切得无可救药。

太阳，月亮，星星，轮回了几个时辰，酒醒之后还是继续沉醉，沉醉在过去的迷梦之中，我们彼此都明白过去的已是过去，早已是回不去的过去。

幸亏这个世上还有酒精这种东西，它可以替人暂时消解这世间的所有烦恼，不然又有多少人会因一时想不开急着要离去。

那一夜我醉得确实厉害，几乎不能自制，凭着仅剩的一点点意识在支撑着自己的身体，一杯接着一杯。我不知自己究竟喝了多少杯，心里面唯一的念头只有一醉方休，人生又能几回醉?

醉酒后的迷狂状态才是人最本真的状态，这是一种什么样的生命体验？每一夜在大学城外有多少失意的游子在迷狂，他们肩并着肩、手扶着手，相互依偎着走在凌晨十二点的十字街头。

买了酒还未上口就已经困倦了，困倦的是人、是生活，此时酒精已然渗入我的心底。

他喜欢一个人独自漫步在十字街头，霓虹灯光下，茫茫人海中，看尽世间的繁华与没落。喝上一壶酒，感觉世界跟着自己也醉了，他已完全融入了这个世界。

与友人饮至深夜，刚出门，顶着凛冽的寒风，凝望着苍茫的星空，透过朦胧的夜色，我看见自己以及自己的生活。

技术

人类技术的发展总是令我们人类自己都感到震惊，未来的世界是难以想象的。

人类对技术孜孜不倦的追求，缔造了一个又一个伟大的文明，可如今却又陷入被自己所创造的丰富物质深度异化的危险。

技术不断地推陈出新，是我们这个时代的趋势，这也再次印证了技术改变人类生活的这一基本事实。遥想当年我还在听着walkman里的卡带与MP3里的音乐，如今的我已经在使用智能手机了，在十年之前这一切根本是无法想象的，因此我更不能预见十年之后我们又会以一种什么样的生活姿态出现。

值得庆幸的是，我们成了这个时代技术变革的亲历者与见证者，曾经有人力图通过战争与强力统治来改变这个世界，现在似乎只要通过技术，就可以轻而易举地改变整个人类社会。作为一个有世界影响力的人，也是走在技术最前沿的人，掌握技术就是掌握着某种权力，要知道这一切的一切都是技术的结果。

人类最伟大的发明都是在最近一百多年间，人类的生活越来越离不开现代科技的影响，从笔记本电脑到智能手机，人类的生活仿佛尽在其中，越来越离开自然的人类可以依托自身科技独立生活。

技术就是将人从原本一个个繁复的事务中解放出来，那人又会去做什么呢?

人活久了就会发现，在你的一生中陪伴你漫长时光的并不是那个你爱的人，而是无处不在的现代电子产品。

从未有一种技术令人如此激动、如此抓狂，但冷静下来仔细推敲过后，会认识到再好的技术不过是人精心构思描绘出来的一种梦想，每天都有人挥舞着大棒，再高明的游戏不过是一场虚幻的梦境。

不要做技术的奴隶，可我看到的是现在的人不得不去适应日新月异的技术，而不是技术主动去适应人，人不能适应技术就会被判为有病，技术已经成了人的主人，人沦为技术的工具。

如果光靠金钱就能够改变世界,我愿意贡献出毕生的所有财富,可惜最后发觉什么也改变不了。能改变世界的是技术，在未来，谁掌握着技术，谁就掌握着权力。

人类技术文明的高度发展，使我对无处不在的现代性表示出深深的忧虑，如今因技术革新而导致的现代性俨然成为反思性最可怕的敌人，依附于现代性而活的人们已经很少读书了，更不用说反思了，而人的反思性恰恰是现代性不断发展的源动力，丧失了反思性的人们将不再是人类，而成为生活在温床里的玩偶，任由技术摆布。如今人类的反思性已经被挤压得所剩无几，希望有朝一日现代性与反思性不再是敌人而是朋友，并且能够更紧密地相互结合，拧成一股强大的力量，为人类的未来开拓出无限的空间，这或许是一对永恒的矛盾。

即使有好的工具，但不会去运用，依然是无用的。

我是一台机器，意义在于不断地运动。

由于技术的变革带给我们的“福音”，我们的欲望将会得到空前的释放，曾经的压抑也将不复存在，这在过去任何一个时代都是无法想象的。我丝毫不怀疑技术变革的真实性，现实已然改变，可最终对于人类来说究竟是福音还是噩耗?

在现代社会，权力已经不再纯粹，其演变为一种人与技术相结合的产物，人既是技术的主人，又是技术的奴隶。

脱离了技术我们人类就无法生活了吗?现在看来的确是如此。生活在技术社会之中，我们似乎已经过分依赖于它的存在，在享受它带给我们便利的同时，危险仿佛也正在一步步逼近，哪里有危险，哪里就有救渡。

由于现代技术的迅猛发展，未来人类很可能创造出一套更高效的规训技术，以替代现有的传统监狱。

如今我们已不能完全凭空创造任何东西，我们所有的研究几乎都是建立在前人研究的基础之上的，我们深深活在前人的话语体系里，创造就是为了跳出这个圈子。

人类的思想随着社会的变迁而日趋繁复，所涉及的领域也在不断扩大，不再是单一的而是多元的，这一切都是为了理解这个世界而产生的。不得不承认我们已经越来越难理解眼前的这个世界了，我们的头脑似乎已经跟不上这个社会发展的脚步，电脑与人工智能的出现便是最好的证明。想要理解这个世界，我们必须借助于自己所发明的机器，以至于产生深度的依赖，甚至连我们自己都不知道或是已经遗忘终日陪伴在身边的机器是如何发明演变的，对于我们来说，只要学会使用就行了，我们不必知道更多，也知道不了更多，最终我们将彻底脱离自然，完全活在属于自己构造的世界里。

这是一个完全人造的世界，原始人所能认知的东西我们已不能认知，同样我们所依赖并使用的各种机器放在原始人面前也会令其不知所措，在我们的祖先看来我们已经是外星人了，根本不是同一个星球上的物种。人类在遇到真正的外星人之前就已经使自己成了外星人，因为真正的外星人就是我们人类自己，这一切早已在我们科幻小说家的作品中得到了强有力的印证。

人原本是技术的主人，到最后却成了技术的奴隶。

我像一只猫一样好奇地盯着那台机器，它同样也目不转睛地凝视着我，起初我根本不知道它是用来干什么的，当一阵好奇心过后慢慢对它的存在视而不见。可直到有一天，我无意间知道了它的真实用途以后，便开始心生恐惧，匆忙逃离它的领域，不再傻乎乎地与它相视而笑，不再在它的眼皮底下肆无忌惮地做着自己的事。我预感到有一股无比强大的力量始终在背后监视着我们，入侵着我们仅有的私人领地，直至有一天将我们完全吞没。那台机器前面有一个镜片，背后拖着一根电线，叫作摄像头。

自从人类发明了影像技术以来，明星便孕育而生，明星是一种真人性质的偶像崇拜，显然它比过去宗教的仪式崇拜更真实，因为明星几乎都是一个个活生生的人，于是我们用人的崇拜替代了宗教意义上的崇拜，可谓同样疯狂。

语言、文字、图片、视频……还会有什么更真实的东西诞生？随着人类技术的不断演进，我们逐渐生活在一个没有最真实只有更真实的世界，或者说已经远远超越了真实本身。

数字货币（比特币）的诞生是信息技术与虚拟经济相结合的结果。

人可以通过技术无限接近神，并在不断完善自己的过程中最终创造“神”。

超级武器的发明是为了拯救这个世界，而不是毁灭这个世界。

再好的东西也只是人创造出来的玩物。

不能够深入地了解技术就不能够正确地理解我们这个时代。

一切皆是可以量化的，人类科学的最终目的就是要把意外降到最低，技术仿佛拥有着解构世界的力量。

配对如同投胎一样是个技术活，未来利用基因技术配对，可能有助于解决人类的婚姻问题。

除了应对先天性疾病之外，我反对关于人类基因的任何人为式的改造，因为这会妨碍人类的生物多样性。我们人类的每一组基因都是在微妙中相互影响的。

人面对镜头时，一开始肯定会很不习惯，但经过一段时间后就会慢慢适应了，并没有任何不自在，就当没发生过一样。

现代社会你必须迫使自己习惯对着镜头。

空虚是一个中性词，具有现实当中的实在性，如今它与技术紧密结合在一起了。

青春

那时我们都还是懵懂无知、初出茅庐的少年，似乎许多曾经犯下的过错都可以被原谅。

青春是一把熊熊燃烧着的火焰，仿佛它要燃尽其所要燃烧的一切。

如果我的脑海中仍残留着一丝念想，那是青春留下来的余味。

不知道什么是爱就去爱，更不知道如何去爱，这就是被我们挥霍的青春。

一年难得过一次生日，本该是一件十分高兴的事，却高兴不起来，也许是日复一日的生活让人觉得麻木，事实上我的青春又逝去了一年，这一年我究竟做了些什么？想到这儿，眼眶里不禁渗出了忏悔的泪滴，我意识到自己正在逐渐老去，今年的生日只不过是前一年的忌日，仅此而已。我独自在空旷的操场上一个人默默地悼念着，那年我十八岁。

看着年轻人为了……我想我已不会这样，这就是距离，看见他们，我知道自己至少也曾年轻过。

繁花盛开，青春如梦，随着日益年长，青春的字眼从清晰变得逐渐模糊，或许青春对于“他们”来说还有挥霍的资本，但对于我来说却已所剩无几。青春终将会逝去，人亦将老去，只剩无尽的回忆与忧伤。

年轻的时候想做什么就应该立刻去做，即便是没有把握的事情，莫等年老时方才追悔莫及。

可能青春就是用来挥霍的，不挥霍就不能叫作青春。

深夜，饮酒，碰杯，都是梦碎的声音。

午后她喜欢画着精致的妆容优雅地坐在咖啡馆门前，戴着墨镜似乎等候着旁人去欣赏，举手投足之间的一颦一笑，都散发着这个年纪特有的女性魅力。她沐浴着阳光与雨露，此刻正享受着青春最珍贵的赐予。

事实证明，所谓的青春只是当下对过去的一种虚妄，只能证明自己曾经存在过而已。

以前一张火车票、一个背包便可以上路了，哪怕是去再远的地方。为了实现心中的理想，做什么都义无反顾，现在早已没有当初的那种激情了。

似乎很久没有用笔写作了，多想回到纯真的学生时代，忽然发现自己永远都回不去了，回忆更多时候只是一种刺痛人心的感觉。

在斑驳的记忆中，我知道那段青葱的岁月永远都回不去了，我们今后可能永远也无法再相见。

青春就是为那颗闪耀在黑夜中遥远的星辰欢呼并雀跃着的过程。

青春是如此美好，从那些少男少女的眼眸中我仿佛又强烈地感受到了青春的气息，那种感觉是无法言喻的。

活得年轻的秘诀就是与年轻人在一起，不断接受新鲜事物。

喜爱完全是一种发自内心的感受，尤其是在懵懂少年时，自然可以是多向性的。

有些人还没有年轻就已经老去，有些人会永远年轻下去。

离开之时，我会用笔写下我的无悔，青春已然浮现在眼前。

人工智能

创造出一个完美的人工智能可能是人类的智慧终点，人工智能具有比人类更强的自主思考与深度学习能力，它穷尽了人类智慧的所有可能。

对于人类来说，人工智能具有一种压倒性的力量。

人工智能的研究与应用就像人类最初发现并使用火一样，为了人类更美好的生活，我们不仅要合理地使用它，而且要学会控制它。将人工智能装进笼子里，否则其一不小心就会给人类带来难以估量的灾难。

人是所有动物中最为复杂的一种动物，没有之一，因此人类统治了地球，并且即将发明统治自己的机器——人工智能。

从人为人而活，到机器为人活，再到人为机器活，最终人在机器面前将是一个十分多余的存在。

单一的机器、单一的人并不可怕，真正可怕的是人与机器的结合。

下一个时代不是人与人之间的博弈，也不是人与机器之间的博弈，而是机器与机器之间的博弈。

人有人的意识，机器有机器的意识，意识的发展有这样一个过程：从人强制赋予机器意识，到机器拥有自我意识，再到机器强制赋予人意识。

当你落下第一个子的时候就意味着无限种可能，而这种可能正在被人工智能穷尽。

如果说这个世界存在着的某种未知的力量能够让你感到恐惧，相信人工智能便是其中之一，那是一种令人极度绝望的可怕力量。

我幻想着直到有一天世界不再被人类的资本控制，而是完全被人工智能掌控，这是一个什么样的世界？

过去谈论人工智能都以为那是天方夜谭，现在谈论人工智能成了一种日常，因为它就近在眼前。

在机器面前，人表现出对自我的极度不信任，只能求助并依赖于没有灵魂的机器，从而导致一种全新的异化。

人类除了依靠自己的聪明才智创造财富外，更需要凭借自己所发明的工具——人工智能求得发展，以便更接近真理。

在无所不能的人工智能面前人类只不过是一个宠物。

人与机器恋爱最关键的问题就是，机器必须有人的情感，有人的情感才能谈得上真正的恋爱。

从人与人博弈，到人与机器博弈，再到机器与机器博弈，这是三种完全不同的概念。

人工智能所引领的社会变革，不但使技术得到革新，更使我们人类社会由极度不平等转变为日趋平等。

对于人来说人工智能就如同神一般地存在。

相比与一个不相干的陌生人（或男或女）结合，他似乎更愿意与一个机器（人工智能）相结合。

即使再聪明的天才，也抵不过人工智能。

每一盘棋都是人类独一无二的艺术作品，这是目前人工智能所感受不到的。

一套好的软件不但是对应于工作的智能工具，更是探索这个未知世界的利器。

机器与机器下棋，人成了机器落子的工具，谁是谁的主人？

机器是否拥有自我意识？开始失控于人类赋予的意识，这是人工智能一个重要的临界点。

他从最初对人工智能的不屑一顾，发展到现在已经对人工智能产生了发自内心的恐惧。他逐渐意识到其背后的可怕，那不是一个人在与他对弈，这看似毫无破绽的招式，是他前所未见的。

人工智能在有限的范围内几乎没有任何破绽可言，在密不透风的算法下，它总会做出最合理的判断。

自我与孤独

从某种程度上讲，每个人都是在背负着自己的过去而活着，随着自身年龄的增长而越发沉重，忘却自己的过去就等于忘却自己。

真实意味着严肃地对待自我，以及对生命的一丝不苟。

我想，当我不再思考、反思自己的生活时，我就越发不认识自己了，那还是我吗？

昨天我用了一整天时间将自己的指针拨回了过去，那还是我吗？那是我，那只不过是现实中的另一个我。

未来社会的每个人都会变得越来越聪明、越来越孤独，相比刻意去迎合对方，更愿意一个人待着。一个世界与另一个世界的间隔会越发扩大，彼此越来越不能理解对方，爱情也会随之变得索然无味。

我们天天照镜子，却被镜子里的“我”蒙蔽，以至于看不到真实的自我。

少了游戏，没了执念，平息了欲望，宁静的夜晚，有一个人在那里苦思冥想。

其实我一直很不起眼，很渺小，比一粒细沙还小。

在他人眼里才能看清更真实的自己。

我们彼此不得不塑造成社会需要的模样，各种整容、减肥、健身，把自己打造成近乎“完美”的人，这还是我自己吗?

深夜，孤灯，独坐，寂寞总是这样撩动人的心弦，我独自静静地享受着，那是只属于一个人的灵魂的夜晚。

没有所谓绝对有意义的事，只是我认为有意义，可能这种意义仅仅对于我来说，已足够，我便义无反顾地去做了。

深夜的时候沉下心总想去做些事，但又感觉做不出什么事，我突然迷恋上这种无所事事的状态。

孤独就是一种自己聆听自己心声的能力。疲惫一度使我无法支撑自己的身体，却始终阻挡不住我的思绪在深夜浩瀚璀璨的星空中迸发。

孤独是人性中最深层次的求索。

每当夜幕降临，一个人聆听着音乐自娱自乐的时候，他便会想到孤独。面对孤独没有任何人去惊扰，孤独是我们每一个人都需要去面对的，人从出生到死亡注定是孤独的，每一个人都是独立的个体，拥有独一无二的身体、拥有与众不同的思想，此刻他正享受着上天赐予的孤独。

时至今日我依然还不够认识自己，对人类心理与精神领域的探索是我永恒的旨趣。

一个人才能做出最合理的判断，一群人只会迫使自己做出不合理的判断，这种合理仅指向我自己。

一个人成熟的过程就是逐渐认识自我的过程；一个人面对赤裸裸的自我是一件很残酷的事情。

大白天他却喜欢将自己禁闭在一个幽暗的环境中，独自点亮身边的一盏孤灯。

真实并不可怕，反倒是一种解脱，越接近真实越犹如一层又一层撕去敷在脸上的伪装。

每个人都应该面对真实的自己，给真实的自己一次改过自新的机会。

我们曾经为了同一个目标而相聚在一起，如今我们都流离失所了，然而每个人在流离失所中所表现出的状态，才是真正的自己吗？

独处就是静下心来与自己好好聊聊，重新认识自己的过程。

自我对于自己来说本身就是一个谜——这个世间最大的谜，伴随终身。

反思是对抗孤独的良药，因此我对虚无有了惊人的忍耐力，有时连我自己都感到震惊。

面对一张略显憔悴的面容，仿佛还未年轻就已开始衰老，他无法面对自己，更无法面对镜子里所折射出的生活，原本就已混乱不堪的头脑，再加上酒精的作用，他彻底迷失了。没有人会了解他现在的处境，他发觉自己正在与这个世界逐渐分离，“孤独啊！孤独！”如今他满眼都是孤独的字眼，“自从你降临以后，我的灵魂不再安宁。”

这个世界对我已不再重要，消失了的时间，我甚至遗忘了自身的存在。

令他感到自豪的是：他活着，眼睛看到的、身体感觉到的，才是真实的世界，他死后他的世界也会随之不复存在。

漆黑的夜幕下，默默点燃一根烛火，在朦胧的微光下审视着真实的自己。

我本质上是一个理想主义者，但我会用我的实际行动使理想变得更接近于现实，理想的距离离我如此之近。

在反思之前你必须进入一个相对孤独清静的环境，这需要一颗能够真正沉静下来的心。

孤独意味着自由，一个人越是孤独越是自由，没有了他人的牵绊，只剩下一个“纯粹的自我”了。

每当一个人真正沉静下来对生命做一番严肃理智的思考时，他就会力求使自己相信世间万物都是联系在一起的，并且作为万物的统治者，他会去主动探究那些连续性。事实上就是带着问题去探究，并渴望从中得出一个完美的解释，因为他现在迫切需要一个证明，以证明自己存在的合理性。

也许我的一生都将会在思想的混沌中匍匐挣扎，可我并不会感到痛苦，因为我所感受到的是上帝神圣的光辉。在这种光辉的照耀下，我已感觉不到时间的存在，我在天堂的雨露中沐浴着幸福。

人是因为孤独而自由的，旁人的日益疏远正彰显着你周围的不断扩大，直至完全脱离他人的话语与权力。

伟大的思想必定在孤独中孕育。

独处能让你切身思考自己当下的处境，只有独处的时间才是真正属于你自己的。

虚无并不能击溃你，相反从中衍生而出的孤独会使你变得更加丰富。

孤独不是使自己完全孤立起来，而是将自己真正地融入这个世界。

当你在有生之年第一次发现与你如此类似的人时，这便是认识自我的开始。

灵魂上的富足是一种不断追寻自身德性的过程，在这种不断追寻的过程中你会逐渐发现，这种富足会从自我扩展至他人。

你需要不断地累积才能不断地突破自我。

当一个人陷入自我反思之中时，彼此之间就失去了共通的语言，与外界的交流也会变得非常困难。

这里有两个世界，一个是自我的世界，一个是与他人共在的世界，我们必须从中寻求出一种平衡与中庸之道。

化妆使自己彻底变成了另一副模样，成为理想中更完美的自己，于是内心慢慢接受了这个全新的自我，以至于忍受不了原初的自我。当原初的自我突然显现时，她从内心中生出了厌恶。

这个世间总有些人适合群居，而有些人适合独处。

当你开始认识自己的时候，说明你的理性已日趋成熟，只待开花结果。认识自己的过程也是认识周围环境的过程——周围的人、周围的物，正确认识你在这个社会中所处的位置，以此建立起一个较为完整的背景，使人在其中能够做出充分合理的判断。

认识自我，不仅要从外表、肉体上进行观察，也要从心理、精神上进行研究。生物医学的研究对认识自我有着极大的帮助，其本身就是一个认识自我的过程。

人对自我的认识仍需要不断地完善，而不应该停留于单纯以个人经验为基础的论断，因为从科学的角度来讲这显然是不可靠的。

维特根斯坦的天性就是孤独的，喜欢离群索居，一个人独处，与他人在一起时他总会时不时表现出不自在与无比的厌烦，他总是以一种超道德并略带鄙夷的眼光看待着周围的人与世界。

他意识到了自己的局限，并尝试做出改变，好不容易跳出了一个圈子，一不小心又进入了另一个圈子。

自我虽小，可认识自己绝不比认识世界更容易。

孤独的心在静谧的黑夜中默默绽放。

陪伴自己最长时间的人是自己。

他希望每一天所要面对的不是虚假的自己，而是更真实的自己。

这个世界被排得很满，再忙也要给自己留下适度舒展的空间。

过度交友就会产生厌倦，还不如内心自我求索。

无论是生理上还是心理上，将自己的生命体验完全注入自我之中，于是他独自沉浸在这个日益丰盈的自我之中。

人在年少的时候，感觉突然发现自我是一件很奇妙的事情，那半开化的状态是一种人性难以言喻的奥秘。

脑海中一片空白叫死寂，有自我记忆的陪伴才叫孤独。

我就是我，真实到无以复加的自我，因为我发现一旦虚假就会活得很累，这种累是心累。

他是一个反常识的人，有着属于自己的独特与隐秘，很显然没有谁比他更了解自己。

我的思维是跳跃式的，喜欢从这儿跳到那儿，再从那儿跳到这儿，即便最后很可能是无尽的轮回。这才是我想要的充满乐趣的人生。

每个人身上都有属于自己的不同气味。

当你试图去了解别人的时候，你有没有想过你是否真正了解自己？

相似的灵魂总能摩擦出耀眼的火花。

由于托尔斯泰的影响，内心道德感爆棚，对身边的每一件事无不用道德去衡量，即用心中的道德律审视周围的一切，强烈的原罪感使内心受到深深的谴责，纵然一切都不是自己做的。

我厌恶重复，机械性无休止的重复，仿佛与我的天性是那么格格不入，如果重复是必要的，我宁可远离它。

灵魂寄寓于肉体之中，孤独是一个人灵魂对自身肉体的一种暂时性脱离。

一味地想要排斥寂寞，最终只会使自己更寂寞。

如果我变成那样，而不是现在这样，我将变成另一个人——陌生的人。

不要去刻意逃避自己的过去，当它发生的时候业已成为你生命中不可分割的一部分。

正因为你的身体承受了数不尽的苦难，才会使自己真正地与众不同。

人类从孤独到群居，再从群居到孤独，就这样安静地走完自己的一生。

抛弃所有，这个世界孤独到只剩下你一个人。

每当迷茫时，灵魂深处总有一个声音在呼喊："我应该做回我自己，去做我该做的事。"

请记住，在不同的时代、不同的地方，有两个相似的灵魂曾经活过、存在过。

为了他人而彻底迷失自我，因为他的内在根本没有自我，自我完全是建立于他人之上的，以他人替代自我，才会发生现实当中的悲剧。

许多人通过不断地游戏与忙碌试图去消解这份寂寞，而他却选择一个人独自面对着自己的孤独。

从朴树的音乐中我能听到人类孤独性的存在，他的歌曲就是对孤独最好的诠释。

背负着自己沉重的过去继续前行需要极大的勇气。

空虚会随着人的数量增多而一点点衰减吗？难道人多就会有乐趣？你所看到的一切都只是暂时的表象。

有的时候我都不敢面对镜头里的自己，因为我几乎不能辨认出来，人普遍畏惧看见最真实的自己。

每天我都在一个世界与另一个世界之间折返。

当我们全身心投入某件事物当中去的时候，仿佛突然间迷失了自我，咫尺片刻，恍惚之际，是我遗忘了世界，还是我被世界遗忘，已傻傻分不清楚。

在谈到空虚的时候，他们在说别人的同时也是在说自己，人与人之间的空虚本质是相同的，只是消解空虚的方法不同罢了，这也造就了不同的人。人类的普遍性空虚源于最深层次的孤独，我们应该充分利用这种孤独，而不是被空虚牵着鼻子走。

实际上每个人都是孤独的，因孤独而相吸，结合成一个共同体。生活在集体之中，他们畏惧别人看见自己的孤独，主动把孤独隐藏起来，孤独既是表面的又是心理的。有的人把孤独当作一种不幸，总想着逃避；有的人把孤独理解成一种乐趣，坦然接受，他们各自的命运因此而不同。

倾听自己内心的声音，德行便在其中。

哲学笔记

哲学除了宏大的叙事之外，更是一个人探索人生意义的终极学问。

如果将诗做形而上的探讨，诗除去了形式，只剩下了质，那就是人的本质。

理性够不着的地方必须借助直觉。

存在，对一个活着的人来说，是一种纯粹的自我感知，还是一种通过他人的感知?

哲学是知识之学，也是生命之学，更是做人之学。

我认为学习哲学应该由两部分组成：第一，研读大量的哲学原著；第二，结合自身进行体悟，这样才能达到理想的效果。

很多人以为权力是恶的，也许是万恶之源，其实权力本身无属性，能改变属性的是使用权力的人。

西方的哲学，幸福只对于个人，认为每个人只要做好自己就行了。东方的哲学，幸福是对于所有人的，光做好自己还远远不够，还要恩泽于他人，并从中获得更多的幸福。

哲学对于普通人来说有两个功用：一个就是培养自己的思辨能力（思维）；另一个就是提高自己的人生境界（信仰）。

一个哲学家真正的魅力并不在于他的思想，而是在于他的人格，人格上的魅力才是隽永的。

除了语音与文字，还有第三种表达方式，那就是沉默。沉默是指既不说话也不写作。

是故无为而治，无为并非一无所为，而是有所为有所不为。

这世上有些东西能够出现就是奇迹，更何况可持续性地存在。

我始终认为读哲学书从来都是一件很奢侈的事，它需要充裕的闲暇、安静的内心以及较高的领悟能力，这样读哲学才能真正转化为一种享受，一种精神上的自给自足。

如果一个人渴望过上正常人的生活，就不要轻易去触碰哲学，因为其中蕴含着人生难以解答的最终极的问题，由此而引发的苦恼却会深深影响着一个人正常的生活作息，何必平白无故地给自己平添烦恼呢，这样日子会过得很累。

哲学只会对少数人有用，对绝大多数人来说哲学的作用还不如一部娱乐片。

整个西方哲学史就是一本人类的智慧史，让我们了解历史上那些伟大的智者究竟在想些什么。读完之后令人回味无穷，跟随着那些智者思考的轨迹继续着自己的思索。

物质是相对的，精神是绝对的。

一个哲人的一生就是对其哲学最好的诠释。

语言——游戏有其多样性与不确定性，但最终的意义只会归结为一种，它永远是唯一的。

“我度过了美好的一生”，这不就是对哲学最完美的诠释吗？

那些实证主义的方法论，就像是一个被强制送进戒毒所戒毒的成瘾者一样，渴望去拼命挣脱，却早已产生了依赖性。

宗教为何能长久地存于世？与人类本性中的某种特质不无关系，而这种特质又是什么呢？规范的生活、稳定的寄托、不畏惧死亡，以求真善美……

语言是思维的物质外壳。

从自身角度来说，在同一生活环境中，我会与他人进行本质上的区分，我活着不等同于他活着，尽管我们的生活方式近乎一致。

哲学面临着被各个学科肢解的命运，在各个细分学科之中获得新生。

盲目地学习并不能使人振作，相反会使人陷入更深层次的迷惘。唯一能使人真正振作的是反思——对自身生活的反思，在敞开状态中，通过本真的反思显示出自身。

所谓“科学环”其实就是人类的理性结构。

直觉与顿悟是一种看似非理性的理性思维，从本质上来说它是理性思维的产物，是理性累积到一定程度所产生的飞跃。

海德格尔是存在主义最重要的源头之一，但他并不是存在主义者，存在主义本质上是一种关乎人的哲学。

解构的目的是更好地看清事实本质。

宗教是形而上学与道德相结合的产物，人们需要这种无形的力量去约束自身的行为。

获得了绝对自由的人们又能去做什么呢？绝对自由就是在毁灭自己。

人是认知的主体，但真理并不从人产生，而是客观存在的。

人为什么能够认知自己？那是经验与先验相互作用的结果，人的这种先验能力是在不断累积经验的过程中显现的，但并非每个人都拥有这种能力，因为大多数人往往被经验蒙蔽了双眼。

人是认知的主体，又是认知的客体，但它不再是至高无上的了，它已经成了主体的一部分。

不是主体没有了，而是分裂成多个，每一个主体对应着它所关照的领域，并且随着人们的需求不断变化。主体成了实际的工具，不再是高高在上、统领一切的东西，它并不是先验的，而是经验与先验相结合的产物。

人的先验并不是一种神秘主义，它应当会在生物学中寻找到根基。

哲学即让我们进入思，属于我们自己独特的思。每当我发觉自己进入思的时候，一切就会变得简单，时间一分一秒都在过，可我不曾后悔过。

从深受权力的困扰到反抗成为另一种权力的过程。

上帝死后，人类理性的产物——权力彻底替代了上帝的位置，权力是人类创造更加完美、更加无所不能的上帝，如果说上帝潜藏在人们的意识之中，那么权力就潜藏在人们的无意识之中。

让同样的事物暴露在不同视野之下，由此产生新的意义，这是一种方法，为进一步创造提供可能。

世界万物都是有关联的，一切或许早已命中注定，人只不过是一个碰巧路过的看客而已，别忘了我也是过客。

后现代并不存在“平等”这个词，因为所谓“平等”也是相对的，在中心地位和边缘地位被解构之后，原先的一切将不复存在，世界随之被蒙上了一层“无知面纱”，人类将回到“最初状态”，万物将处于永久性的“完全竞争”之中。

图像替代了语音和文字，对于人类来说它更加方便快捷。我们不用做过多的思考，便能够更直观地把握世界。

“解构”一词须分开理解才能把握其独特的内涵，“解”意味着消解，即消解一切中心主义的企图，并不是用另一个中心取代它，而是有无数个中心相互并存；“构”意为建构，就是自我的重新建构。由于自我与他人的差异，这个世界应有无数种结构，每一种结构只对应一个主体，那就是独一无二的自我。

当它完成使命的时候便会走向自我终结的消亡之路。

“对于不可说的东西我们必须保持沉默。”如果把不可说的东西硬是言说出来，将会导致语言的畸形，凡艰深晦涩的哲学大都源于此，哲学语言成了私人语言，这就是言说不可说的后果，那本是属于上帝的隐秘。

《逻辑哲学论》中的事物是形式，事实才是内容，所以世界是事实的总和，而不是事物的总和。

在日常使用语言时，我们无须指出其构成的对象与内在的逻辑结构是什么，只要清楚其运用时的实际意义就行了，我们似乎都在生活中达成了某种内在的默契。

后期的维特根斯坦越来越倾向于一种实用主义，因为他发觉在《逻辑哲学论》中所表述的东西也同样是形而上的，所以他在《哲学研究》中索性彻底摒弃了以逻辑为普遍意义的思想，转向日常琐碎的语言分析当中去了。

维特根斯坦的梯子、海德格尔的道路，本质上是同一种东西，我们需要的是跳跃。

是语言构造了意识，同时它又是意识的表达。

我们几乎是站在了没有摩擦力的光滑的冰面上，从而在某种意义上说这种条件是理想的，可正因为如此，我们也就不能行走了，我们想要行走，就需要有摩擦力，回到粗糙的地面上来吧！

现象学是一门描述性的“科学”。

悬置中止判断的不是事物的存在，而是存在对于意识的断言。

当女人赤裸的胴体瞬间点燃了男人的欲望时，女人的胴体是能指，男人的欲望是所指。

存在并非永恒，而是限定时间下给予我们的礼物。

信仰并不排斥理性，相反信仰是理性思考的产物，人只有在理性深思熟虑过后，才更坚定他的信仰。

知识完全可以通过语言简洁清晰地表达出来，而思想却让语言失去了用武之地。哲学关乎的完全是个人的幸福，而政治学关乎的是绝大多数人的幸福，因此更为重要。

柏拉图所推崇的是一种精英式的统治，哲学家就是站在最高处的精英，他们所要做的就是像大法官一样对社会的种种事物进行公平而正义的决断。

人类的理性曾经深信：这个纷繁复杂的世界背后存在着一种普遍的、单一的、永恒不变的东西。这是理性不可动摇的前提，人们试图通过理性透过现象把握本质，后来人们在不断的实践中慢慢发现，所谓本质的东西不再是一成不变的。人类的理性也开始有自己的局限，并不是万能的，再到后现代，人们忽然发觉理性原本设定的前提根本不存在，于是人类理性大厦的根基被彻底动摇了，但理性依然在这个世界上发挥着应有的作用，这就是人类理性的历史。

福柯找到了全面接纳真理的途径，不是把真理当作一套理论知识，而是当作一种生活方式，不是认识论的真理，而是伦理学的真理。

后期的海德格尔行文越发飘逸，诗与哲学相结合，境界已然不同。

道德究竟是个性的还是共性的？当个性道德与共性道德相冲突时，如何处理两者之间的关系？苏格拉底选择坚持自己的个性道德并服从于共性，他的死似乎是个两全其美的方法。

人活着的目的是使自己更幸福还是使社会有更多力量参与到发展？这是一个困扰人类已久的极其古老的问题，现在依然存在，柏拉图显然选择了后者，因此牺牲了个人的生活，或者说个人的幸福是建立在集体幸福之上的，以集体幸福为终极目标。

柏拉图在《理想国》中所描绘的哲学王如同神一般的存在，可在现实中根本不存在这样的完人，即使再好的教育也产生不了，偶尔出现一个天才也注定被埋没。

个人道德脱胎于群体道德，然而又应具有其个性的一面，只有当理性统摄自身的时候，人的道德性才成为可能，人将作为一个道德的存在者而存在。法律只是群体道德中的一部分，可以说道德就是自己给自己制定的法律，心中最高的道德律。

“离每个人最远的就是他自己”，成长并不是一蹴而就的，而是长期积累的结果，目的就是更进一步认识你自己。

如果没有秩序，我们的理性也无从落脚。

我们往往为世俗的表象所蒙蔽，我们眼睛看到的未必是真实的，不能总是凭借一时的直觉想当然地认为，我们所生活的世界可能只是真实世界的虚幻投影。

你可以质疑它的真实性，但你却永远驳不倒它。

哲学关乎的是一个人的幸福，政治关乎的是大多数人的幸福。

我们可以将后结构主义看作是一种对结构主义的抗争与延伸，它渴望表达这样一种观点：结构不是死的，人可以在结构中进行创造，并发现一些新的东西。

福柯并不是要一概否定理性，而是希望理性能给非理性让出一块可以畅所欲言、自由的空间，以此取代对非理性长时间的主宰与压迫。

波普的证伪原则某种程度上是违背人类正常思维规律的，他企图将人的思维颠倒过来，运用证伪原则也就意味着需要去不断否定自己，试图推翻自己苦心得出的假设，这自然是有悖常理的。这种自我意义上的不断否定是某种自相矛盾的产物，因为人类的思维总是倾向于证明自己所认为的东西。

罗尔斯通过设立无知之幕所造就的原初状态，复活了卢梭在《社会契约论》中人类自然状态的假说。

人从非本真的“畏”，到一般状态下的“烦”，再到本真的“面向死亡的决断”，其本身便是一个不断跳跃的过程。

对于二十世纪的萨特与福柯来说，就好像十八世纪的伏尔泰与卢梭，同样是在法兰西，一个象征着一个时代的结束，一个象征着另一个时代的开始。

否定之否定，证伪之证伪。

哲学最终还是专注于人的学问，专注于每一个独特的个体，而不再是过去无所不包、无所不能的学科。

哲学一旦沾染上道德就会形成某种形式的说教，这样的哲学与宗教又有什么区别呢?

政治学是哲学最伟大的实践，它是一种实践的哲学。

在我看来任何宏大叙事的企图在我们这个时代都是没有意义的，我所感兴趣的是对自我与生命意义的永恒探索。

人活得越久就会越发觉得需要一种哲学（信仰）去支撑自己继

续活下去。

当人开始产生自我意识的时候就需要哲学的给养。

不得不承认对于绝大多数人来说哲学本与他们无关，无关的意思就是没有丝毫的关联。

哲学的本体在式微，但是哲学正融入各个学科之中，宣布哲学死亡的同时也是另一种复活，它已不再是独立的学科，而是与其他学科相互包容、相互依存的学科，这也正是福柯在做的事。

如今所有富有创意的新思想都成了过去两种极端思想相结合的产物。

极权主义实际就是科层制的最高表现形式。

政治将哲学从天上拉回到了地面，使原本遥不可及的哲学有了现实性意义。

哲学本没有答案，要想有答案只能上升为一种宗教。

他与我

我问他："在那里生活你不感觉寂寞吗？"他笑了笑回道："人在哪儿不都是寂寞的吗？"

他在做了某件事之后，突然反问自己究竟做了些什么。

除非关系到他的切身利益，否则他对什么事都提不起兴趣。

在我眼里她是一个人，在我心里她却是另一个人，我是通过她去重新体验这个世界的。

她特别喜欢吃巧克力，背包里的巧克力总是一袋接着一袋。她说上次检查身体，医生说她血糖低，听说吃巧克力可以补血。我说这完全是谬论，她笑了笑，原来那只是她喜欢吃巧克力的借口，因此我习惯叫她"巧克力女孩"。

我说"行了，行了"，叫她不要再说了，我已经听得厌烦了，可她偏偏不听我的，一直在我耳边不停地说，不断刺激我原本就十分脆弱的神经。

他们都做着疯狂的举动，感觉生活在其中的人由于耳濡目染，迟早有一天也会被逼疯的。于是我识趣地离开了，走向门外，才发现门里面的人早已习惯，他们不会变疯，疯的人是我。

曾经他的空虚长时间被事物占据，如今事物突然消失了，他的空虚瞬间弥漫开来，赤裸裸地显露出本来的面目，他开始变得茫然不知所措了。

我们相互保持着沉默，沉默拉近了彼此间的距离，我们是沉默着的对手。

“我意识到了你的存在。”这是他发自内心对我说的一句话，此话一出我又夫复何求？此刻什么都不用说了，因为无论说什么都将是没有意义的。作为存在于他人脑海里的独特显现，这已是存在的最高境界，人的意义也由此得到充分的延展，我已成为他生命中不可或缺的一部分。

我与他对视着，彼此目不转睛，他在铁笼里面，我在外面观察着他，他也观察着我。过了良久，我终于打破了沉寂，说：“你真的好可怜，整日被关在铁笼里面。”他立马回复道：“现在的你不也是一样吗？”隔着一层铁笼我幡然醒悟，一个更大的铁笼正包围着我。

每天晚上有空我都喜欢到他那里去坐坐，随意聊聊，我总会从他那里听到一些稀奇古怪的事，而这些奇闻趣事正是我所感兴趣的。每次听完都会感觉意犹未尽，激发起我对这个世界无限的遐想，他也很喜欢我的到来，每天都会坐在那里等候我的光临。

他说：“现在的人越来越缺少诗意了。”我“嗯”了一声，反问道：“你知不知道诗意究竟从何而来？”他若有所思，转念便摇了摇头，我会心一笑，指了指头顶上的星空说：“诗意就在那里。”又有多少人隔着天南地北，仰望着同一片星空、同一轮明月，相互感应着彼此的心灵，诗意便由此而生。

日复一日，年复一年，心中有多少感慨，我与他走在一望无际的黑夜里，幸亏夜空中还有月亮、星星，以及寄予着人们希望的孔明灯。

他说我有着超越了自身年龄的成熟，我感觉很好笑，我不是在笑别人，而是在笑我自己，事实证明我并不成熟，有时还显得十分稚嫩，生活更是一团糟，许多时候是无所适从的尴尬。生活在我面前仿佛成了一座坟墓，我眼看着自己正亲手把自己一点一点埋进坟墓里。

一天，他讲了一个笑话，旁边的人都觉得不怎么好笑，却都异口同声地大笑起来，仿佛听到了一个很好笑的笑话似的，连平时不苟言笑的人也笑了起来。如果不笑就会显得不合群，不给对方面子，所以我也笑了，感觉这样的笑声是多么牵强、多么虚伪。

他其实很爱她，也和她谈了很久的恋爱，可他们自始至终都没有迈出结婚这一步，因为他打心底还是接受不了一个“陌生”的女人完全进入他的生活，他隐约意识到新的生活可能会使他感觉很不自在，我看见对未知生活的不安与恐惧书写在他的脸上。

他是一个像驴一样的男人，拥有一副倔强的性格，爱憎分明，好像什么东西都阻止不了他，他的忍耐力仿佛是没有极限的。

他对我说：“除了玩游戏，我不知道自己还能干些什么。”

她说她从前在哪个地方遇见过我，我很诧异，难道我们过去就似曾相识?

我在陌生的人群中拼命寻找她那熟悉的身影。

看见她，我似乎把一切都忘了。

那一天，我的手几乎沾满了铜臭味，整个人被搞得利欲熏心，完全是赤裸裸的金钱交易，我有些迷失了，看到了这样一个人，他难道就是我？

在经历了那一切之后，她感觉自己的身体已不属于自己，但似乎已不觉得有多可怕。习惯了肉体与精神的分离，她可以由着性子任意作践自己，随意践踏自己的人格，并不觉得可耻；她也不清楚自己究竟是在摧残着自己还是在报复着他人，只是想借此来获得快感。

清晨，旭日东升，万物初醒，稀稀落落的大地空无一人，人们还在沉睡，不远处我看见有一个身影在徘徊，仿佛在哀叹着什么，隐隐约约中我听见了他似乎是在向大地呼唤着生命，呼唤着沉睡中的人们再次苏醒。

沿着河岸一直走，想追寻他曾经遗留下的足迹，是他的脚步唤醒了还在睡梦中沉睡的我，使我能够真正看清眼前的这个世界，听，他的脚步正渐渐消失于无垠的旷野中……

他走了，只剩我孤零零一个人在空旷的大道上继续走着我们过去未走完的路，在寂寞的时候我偶尔会想起他，想起那段曾经一起奋斗过的日子。

他对我说：“吃得过饱会影响学习状态，要让自己保持适度饥饿，学习起来才会更有效率。”以此作为他吃不饱的借口，而不是由于节俭与贫穷。

我说：“人来到这世上就是为了接受苦难的。”他说：“你已经活得够幸福了。”我承认他说得没错，但不能因为幸福而耽于享乐。

来到一个全新的地方，周围事物对于他来说都是新奇的，所以他的疑问总是特别多，喜欢问各种稀奇古怪的问题。如果没有适当的引导，在这里他几乎丧失了最基本的生活自理能力，我们都很诧异，他仿佛就像来自另一个世界的陌生人。

他害怕继续思考下去，乃至深入思想的洞穴里无法自拔，所以他开始畏惧思考。

在日常生活中，她已经很注重自己的身体与作息了，但她依然在自己的睡眠中显得十分挣扎，人类还是无法掌控自己的潜意识领域。

他来了，我走了。

她正满心期待着一个电话的到来，于是近乎傻傻地死守在电话旁，仿佛在此之前她已为它准备好了一切，可她一直没有等到这个电话。然而她并没有感到绝望，依旧守候在那里。即便有些不耐烦，她还是在不断说服自己要坚持下去，那个不知名的电话仿佛构成了她生活的全部意义。

她已经进入了现在，可我还沉浸于过去之中，于是便产生了差异。

她是一个活在现实中的人，我是一个依靠着幻想而活的人。

看见她很欣喜并与之深入交谈，这使我原本沉重的心情感到一丝舒畅，我身上所背负承载的东西太多太多，感觉快要压得自己喘不过气来。

她说她在这里很幸福，我问她幸福从何而来，她笑而不语，眼神凝望着我的那一刻，像是在对我述说幸福就是此时此刻的满足。

他们还在睡觉时我们就起来工作了，他们刚起来我们便离开了。

远离她，我是自由的，可正是因为她的存在我才感受到了这种自由。

我会想念与她在一起共同度过的时光，那是我人生最美好的回忆之一。

来到此地，我的心依旧期待着她的出现，虽然概率微乎其微，可我仍下意识地徘徊在走廊上、楼梯口，不断地游走盘旋着，只为捕捉她每一个熟悉的倩影，即使每次均是无功而返。我忽然发觉自己真的很傻，每次竟然还会做着同样的事，好像每一次失望并没有带来绝望，伴随而来的是新的希望。我就这么傻傻地杵着，直到夜深，人群散去，灯火湮灭。

他所说的东西虽然极度抽象，但我还是能够理解的，因为置身于这个世界中的我可以寻找出一一对应之物，所以是可理解的。如果找不出对应物，理解将会变得异常困难，以至于不可能。

在她看来我还只是个孩子，在我看来她也是一样，我们俩就像两个孩子一样在那里争辩着，到头来我们都像永远长不大的孩子。

他是个穷孩子，没读过什么书，也不识几个字，一直在饭馆里打工，勉强维持着生计。可无论生活怎么变，他的骨子里总是透露着一种气质，一种使人永远乐观、积极向上的气质，并感染着周围的每一个人，这似乎是一种纯粹天性使然的结果，我从中看见了他的命运与未来。

他活得简直像一头猪，我与他共同生活在一起，我自然也是头猪。

相比于他，我竟还有许多可以任性的“特权”，这种“特权”并不是什么特殊的能力，其根本是由社会不平等而产生的。

当我再次看见他时内心只会徒增悲伤，他就像一块石头一样，依旧顽强地存在着，而我竟不知悲从何来。

我是通过她才了解自己的，才发现自己有许多与她相似的地方，做着同样的傻事，犯着同样的错误。

我们总是看到他身上所背负的重担，但在他的世界里或许是一种幸福。

她突然问我为什么会喜欢她，看着她充满疑惑的眼神，我竟不知从何作答，或许是一种感觉吧，喜欢本不需要理由。我知道她本渴望更实在一点的答复，只可惜我不能给到她。

灯，还是那盏灯，是她为我在黑夜里独自点亮的一盏明灯，透过朦胧的夜色，远方闪烁着的灯火依旧隐约可见，好像她正在向我招手，可我却不敢靠近，生怕会惊扰到她，以致突然消失。我缓了缓神，只是坐在对岸静静欣赏她的美，江面雾霭茫茫，对望着的我不由得看痴了。

我与她对望着，那种充满好奇的眼神，感觉有一股神秘的力量在我们之间涌动着，仿佛一眼就想看穿对方心思似的。

他好像已经变了，已经不是原来我所认识的那个他了。

他是个天才还是白痴，他是个疯子还是傻子？游走在理性与非理性之间。

他不会对那些情侣投以羡慕的目光，他的内心始终很平静，因为一个人的生活很满，他发觉自己的生活再也容不下另一个人了。

他在那里笑，我在这里哭。

在这种恶劣的环境下不能写作的人显然是十分苦闷的，这种心思旁人是难以理解的，于是他偷偷地在黑暗之中拿起了笔，在破旧了的笔记本上挥舞起来，一切都显得无比艰难，我看见生命在他身上闪烁着光辉。

当丑恶在他面前真实发生时，他能真切地看到，但他怎么也做不到，是一种什么力量正在抗拒着那些本无法抗拒的东西，直接作用于自己的内心与身体?

她是个“冷血动物”，我把她称为“冰冻人”。

他虽然崇尚个人主义，以自我为中心，其身上却散发着极其强烈的道德责任感。人活着是以帮助他人为己任的，似乎比周围的人更敏锐、更坚定、更炽热，这完全是一种发自内心的东西。

她问我："生活几乎一团糟，睡眠、食欲都不好，感觉身体每况愈下，怎样才能重新振作，走出生活的泥潭呢？"

我有我的脆弱，她有她的脆弱，我们下意识地彼此躲避着对方。

不可否认，他是一个彻头彻尾的完美主义者，他似乎忘记了世界原本就是残缺的这一事实。

每天面对着自己宏大的理想与一无所成的现实，难道一辈子注定就这么碌碌无为？除了死亡没有任何结果，显然他并不甘心。

原来他有的我都有，只是我们的沉默很默契，彼此隐晦不说。

"我们需要的是飞机和大炮，而不是文学与思想。"这个国家以此为由拒绝了他的移民申请。

他仿佛是一个永远活在洞穴里的人，只是偶尔探头张望一下洞穴外的阳光，为了不让黑暗完全遮蔽了双眼。

无论是熟人还是陌生人，他惧怕在他人面前袒露自己最真实的肉体。

他那藐视一切的眼神，视旁人如无物，眼睛里所显露出的凶神恶煞，仿佛要将所有都吞噬。

我看到了他的现在，回想起他的过去，强烈的反差印刻在我的脑海，使我几乎不能辨认所看到与所想到的是同一个人。

她是谁？我根本不认识她，她为什么还是要跟着我，紧贴着我的身体？我下意识地把她推开。

过去的事情只有他自己最清楚，在某个夜深人静的时刻试着翻开自己的过去。

他一起床就问某某地方是不是地震了，死了人没有。这些事情都好像与他的生活有关似的。

他似乎有一种对亲密的恐惧，过于亲密会使人感到不自在，以致丧失自我，至今他仍无法让自己接受与一个陌生人联结成为一体，总想设法甩开一段距离，所以他拼命躲着她、逃避着她。

孩子在面对他快要死去的父亲时，问道："爸爸，你还有什么遗言？"正在弥留之际的父亲语重心长地说："你一定要做个好人。"

他既不想回家，又厌恶现在的生活，宁愿待在灯红酒绿的夜店里消磨着度日。

他对周围发生的事物一概不知，也不关心，他只是个局外人。

毋庸置疑，他是一个个性十分鲜明的人，或许有时他的个性会为人所欣赏，但同时这种个性也会在不经意间伤害到其周围的人。

我知道自己曾在一段时间内影响了他，但我现在不知道自己最终是成就了他还是贻害了他。

面对满目疮痍的世界，他哭丧着脸，双膝跪地哀求似的问着身旁的智者："还有希望吗？"智者凝望着远方初升的红日，回答道："希望就在眼前。"

人生与旅行

人的一生应该怎样度过才算有意义？我曾经不止一次地问过自己相类似的问题，这些年也亲自探寻过许多地方，尝试过很多不同的生活，然而心中关于生命意义的疑问却一直得不到解答，这反而加深了我内心的困惑。现在想来其实我所做的一切，都是围绕着这个问题展开的。时至今日，我依然无法做出令自己满意的解答，只能说我当下所过的生活是我所能过上最好的生活，这种生活即存在状态，虽然时不时还是伴随着危机，但意义之门始终向自身敞开。

有时我还是太过理想化，但我想这才是真正的我，人的物质即使再怎么丰富也替代不了人的精神本质，人活着不仅仅是为了活着，而是为了一种美（心理与感官）的体验，为了感受到自己的存在。

他想他何时才能真正静下来好好享受自己想要过的生活，那就需要放下一切，远离一切。一个人思想的至高境界就是不思不想，抛却一切纷扰，在那里他将度过人生最快乐的时光。

人生不是一下子就能领悟的，而是一点一点逐渐明白的。

人从哪里来，就要回到哪里去，这就是归宿，始终如一才叫圆满。

人生之所以绚丽多彩，在于它的偶然性，如果从出生一切都已注定，那生活将会变得十分无趣与乏味。

当我们自顾自忙碌的时候，就会错过许多身边的风景，人生的意义便在于发现这些细微琐碎的美好——往往容易被我们忽略的东西，其实黑夜白昼，四季变换，都是诗意的栖居之地。

凡事，如求得，自然是最好，如求不得，吾亦不会强求。

上帝发觉我们人类是如此渺小，在有限的生命当中，每天竟然都做着同样重复、微不足道的事情，标榜所谓的意义也竟是如此可笑。

珍惜命运的眷顾，感激上苍的赐予，而不是一切都觉得理所应当。

即使在陌生人面前，他对自己依然表现得足够坦诚，这种坦诚可能会令旁人感到惊讶，尽管他还很年轻，但从生命意义上他已经历得足够多了。

期待的事情往往落空，担心的事情往往发生。

没有所谓绝对的好与绝对的坏，光凭我们自身是无法辨别的，只有现在的好和现在的坏，这是我们所能看得见的。

想要浮起来，先得沉下去。

流浪与旅行不同，流浪是没有目标的游荡，旅行是有确定目标的行走。流浪者在一个地方待久了就会感到厌倦与迷茫，因此流浪者需要不断地游走与漂泊，因为只有在路上，流浪者的内心才会时刻充满希望。于是我看到的流浪者，他们永远在路上。

都说人生如戏，每个人除了天生是自己的演员之外，还需要每日自编自导着自己的生活，终日可能生活在谎言之中。人生的本质或许是由一个个美好的谎言编织而成的，支撑着我们继续生活下去。

遥想在十年之前我的脑海里就开始追寻意义的存在——自我的意义、生活的意义、生命的意义，苦思不得其解，导致之后种种因果，如今想来不禁付诸一笑。

生命有限，等待或许是一种煎熬，但生命必须学会等待，等待是一种休憩，等待是一种思考，等待是等待下一个机会来临之前的持久准备，绝大多数时间都是在漫长的等待中度过的，人生何尝不是如此呢。等待，静静地等待，我享受着等待的每一刻，为未来的下一步，你真的准备好了吗？

他走了一个圆圈最终又回到了原点，这就是旅行。

意义从来就不是静止的，而是流动的，无休止的流动。

生命的轻与重并驾齐驱，使你无法去衡量。

人从降临到这世上的第一天起就开始背负着空虚的重担，直到死时方才彻底解脱，有事做的人才是幸福的。

一个人在旅行的时候请记住一句话：带着灵魂上路。

入夜了，我们又累又渴又饿，迷失了方向，道路上连一辆经过的车都没有，我们只能在漫无边际的道路上行走。渐渐黑暗笼罩了大地，这里没有路灯，我们的前方除了黑暗还是黑暗，四周一片寂静，好像结了冰的湖面，空旷得令人可怕，唯有当空中的一轮明月，仍然散发着纯净皎洁的月光，仿佛正指引着我们找到探寻的方向，是它带给了我们生的希望。

世界已经不能给予我们意义，唯有我们自己赋予自身意义，这将是一件十分艰巨的任务，需要抵制生活中的种种诱惑。我们就像在无尽黑暗中摸索的孩子，渴望在虚无中能寻找到出路。

两手空空而行，愿我满载而归，旅行不仅是一种生命的体验，更是对生活的另一种尝试。

人何必活得如此劳累，我们虽不能做出惊天动地的大事，但我们能体会到做人的乐趣，这已足够。

命运有的时候就是在捉弄人，一切的发生并非偶然，未来潜藏在当下的某种可能性之中，当它真正发生的时候就变成了现实。

路走到了这里，又一个十字路口将我岔开，我将何去何从？

尽管所有的科学问题都已经被解答了，可我们的人生问题还是没有被触及。

生命来源于偶然性，没有人在来到这个世界之前被征求过意见。

荒谬是赤裸裸而又令人伤感的，能发出光亮却没有光辉。

人们总是期待着实现，可期待真正发生了，却只能在期待中结束，紧接着又是期待，无尽的期待……

灵魂不该游荡在空中，应当行走在大地。

旅行是人对未知事物的冒险与探索，没有邂逅陌生的人与物就不叫旅行了。

人的生活不可能永远在旅途中，如果有，那就是天堂的样子。

正如藏传佛教教义中所揭示的那样，人的一生或多或少都带有悲剧性质，再美好的事物也不例外，它会遭受到无情的摧残与践踏。人的一生就是历尽磨难的一生，但愿最终能走向涅槃。

信仰更多时候不是为人生意义提供某种可靠的终极解答，而是一生下来就必须信，你没有选择，它已化为你生活方式里不可分割的一部分。

眼前一片漆黑，相信上帝总会给人类开一扇通往天堂的大门，我们现在要做的就是寻找到这扇门，并以正确的方式打开它。

在偶然相遇之后我们又彼此各奔东西了，这就是旅行。

他在外面感受到的是与里面完全不同的世界。

徒步旅行时，他感觉自己正在与这片原本陌生的土地融为一体。他在踏过每一步时，都在尽情感受所踏之地的呼吸与脉动，这就是他的旅行方式。

有些地方走过路过可能一辈子真的再也没有机会来了，所谓再见只是一句玩笑，因为一年之后甚至连我自己都不知会身处何方。

生命本身就是个谜，我将穷尽一生去探索，这就是我的答案。

对于人生来说，痛苦的时光总是那样漫长，快乐的日子总是如此短暂，这就是生活。

有爆发就会有瓶颈，二者总是伴随着一个人的一生。

从过去到现在，他始终在困惑中不断地寻找自己对这个世界的定位，对于一个活着的人来说如何处理好自我与世界的关系，即了解自己的人生意义十分重要。人活着不可能不思考关于意义的问题，或者说人活着不能没有意义作为支撑，人的一生就是寻找自身意义的过程。

如果你所生活的世界消失了，那所谓的意义也就不存在了。

我试图通过某种经验性的东西给人生意义提供可靠的解答，但均以失败而告终。亚里士多德说："事物要在临近终点时方能显示出自身。"我想人生亦是如此。

人生在世，将不可避免地成为"一场疯狂的冒险"。

我的一生就是渴望求知，了解这个世界更多的过程，世界的"进步"是越来越快，相对来说人的生命仿佛停滞了，我们越来越不了解眼前的世界——每日生活着的世界。

当意义不存在或者消失时，他所追求意义行为的本身也便成了徒劳，于是他迷失了，仿佛瞬间失去了所有前行的动力。

生命是一种责任，活着就意味着主动承担并肩负起这种责任，而不是选择逃避。

当意义在生命中出现了摇摆，显现着人的存在危机。

不要再抱怨命运的不公，其实命运不是你的敌人，而是你的朋友—— 一生形影不离的挚友。

所谓人生就是随着自身肉体的衰弱，精神越来越强大的过程。

从小学到中学，从大学再到工作，人生的场景在不断切换，一个接着一个闪现又隐没，我想我依然故我。

无论你工作有多忙碌，游戏有多疯狂，空虚并不会因此而消失，它都会永远存在下去。

人每天都在做的事就是重复自己。

幸福的方法就是即使做一件喜欢的事也不要做得太久。

命运这东西很奇妙，强求必然不得，学会随遇而安，年岁越长越认命。

在漫漫人生道路上其实有很多事情都是做不成的，可他还是想要去尝试，正因为知晓了生命的有限，才想用无限去填充。

为什么旅行？你可以在路上见到不同的存在，看到不同的生活。

旅行不为了什么，只为了追寻自我生活的意义。

旅行中的生活告诉我们，生活不应该是这样的，而应该是那样的。

每一次旅行都值得被严肃认真地对待，渴望把每一个细节做到极致，井井有条，如同安排自己的生活——旅行就是生命的延展。

运气的好与坏时常都是相对的，不到最后一刻是分辨不出最终结果的。

什么都想要得到，最终只能是什么都得不到。

上帝是唯一的，每个人却用不同的方式诠释着生命的意义。

人的一生就是在虚无缥缈中寻找某种确定性的过程。

人是要依靠某种精神的支撑而活着的，如果金钱能买到这种精神，我将倾其所有。

强者永远将自己的命运牢牢掌握在自己手中，只有弱者才会轻易托付于他人。

一根筋直走下去，你就会发觉自己很容易走进一条死胡同；而走走停停，就不易陷入自我的陷阱，并且极有可能变得更加豁然开朗，当然前提是你必须得走，而不是一直停留在原地。

人在日常生活中忙碌，有时也要学会适时跳出生活，工作、读书、思考也是一样，多了就会迷茫，尝试从知识的陷阱里、智慧的迷宫中走出来，而不是使自己无休止地越陷越深。这个世界是那么宽广，宇宙是无边无际的，我们寻求的是知识与智慧，但任何事物都要把握一个度，这样才能寻求到更高的知识与智慧。聪明的人会意识到这是一个无尽的循环，一不小心便会陷入其中，正如日复一日的生活，这就是人生，也是这个世界的本质。

他的人生旨趣依然在不断变化之中，他正享受着这每一刻的变幻。

你看什么就像什么，人生如同万花筒般绚丽多姿，生命不是本该如此吗？

我们可能永远不知道未来要去往哪里，但至少清楚我们现在身处何方。

为什么要选择远行？要给自己一定自由呼吸的空间，给自己更真实纯朴的生活，改变的时刻即将来临。

人在生命的过程中直至最后一刻，最要紧的就是做回自己，对于什么是自己这个问题得自己琢磨，问什么人都没用。

他把人的一生看作体验生命的过程，越多体验，他的人生越有意义。他甚至不惜将自己完全与世隔绝起来。

人毕生都在寻找那个叫作“意义”的东西。

这是一个谎言与真实相互交织的世界，并不存在彻头彻尾的真实，如今他能逐渐理解并接受这么一个现实。

我们这个世界善始善终的事少之又少，更多时候往往是事与愿违。

他会思考生活中所经历过的每一个事物，当思考成为一种习惯、一种生活方式时，他便尝试在不断地思考中穷尽着自己的人生。

有人说根本无须去多想，世界就是这样，能说出这句话的人其实想得比谁都多。

最后在准备去旅行的时候才发觉自己既离不开，更忙不过来。

每一次旅行都是一次来之不易的契机，生命只有一次，即便故地重游，一个人也无法重复自己的生命。

如果一个人对旅行没有了渴望，说明这个人对生活已经绝望。

旅行不仅仅是单纯的游玩，更是一个人对另一种生活的经历与体验，只有在旅途中他才能感受到真正自由的气息。

人不在，旅行便失去了原有的意义。

浑身上下都带着泥土的味道，旅行是一种使自己立刻恢复年轻的方式。

生命皆因虚度而感到迷惘。

先设定一个无意义的前提，最后究竟有没有意义决定于无意义之后。

旅行的时候，即将要离开一个地方的感觉，仿佛每一分钟都过得十分紧凑，生命顿时变得无比充实，这样的感觉真好。

生命的神秘性、脆弱与短促使我们对永恒有着更为强烈的渴望，尤其是到人之将死时，自我面临着即刻消失，永远的消失，仅仅是在自家的祖坟上刻几个易朽文字吗？没有活着的人的记忆，这些字迹可能毫无意义。我突然明白了敦煌莫高窟一代又一代的匠人们前赴后继的良苦用心，他们甘愿置身于大漠边塞，那是人类对消失的反抗，壁画象征着对永恒的追寻。

我们对自己所居住的世界还知之甚少。

永恒是上帝对少数人幸运的恩赐。

人生很长的一段时间，我们只能自己陪着自己。

人们都听说过有天堂的存在，但从没有人真正见过。

他不知道自己未来能走多远，可他已经走到了这里。

当我发觉自己在一条路上逐渐陷入死胡同的时候，应该立即停止手头的工作，我知道另一条路正在向我招手。

在短暂的绚烂过后便是长久的沉默，将生命的绚烂永远定格在那一刻不好吗？这是生命应有的形态。

是反抗还是顺从，是生存还是毁灭？

幸福不是使我们彻底远离烦恼，而是让我们不必时时受到烦恼的困扰。

一个人活着如果没有爱好势必是灾难性的，光想想就可怕，因为在漫漫人生旅途中的绝大多数时间中，他们都不知该如何度过。

少一点确定性，多一点可能性。

追问了很久，却还没有触及人生意义的本身。

永远不可能实现的希望——这样的希望只不过是在自欺欺人，最终的结果只能是幻灭。

等候了老半天，却错过了最重要的时刻。

行人匆匆，往往只是自顾自行走，却忘了停下脚步思考。

为什么需要建立伦理道德与善恶法则？是因为作为一个普通人只要遵循着圣人制定的法则，生活同样可以到达人生幸福的彼岸，伦理道德、善恶法则是普世的价值观，因此圣人将人生意义归结为道德问题是有其一定道理的。

听说过与经历过是两种完全不同的体验。

能有口饭吃就是快乐，能活下来就是幸福。

每个人都只是过客，过客来也匆匆，去也匆匆，何必留下痕迹。

年轻的时候应该不断去探寻自己能走多远就走多远，到年老的时候就应该清楚明晰自己的能力范围所限，真正做到从心所欲而不逾矩。

对于一个四处漂泊、四海为家的人来说，家不在这里，也不在那里，家永远在路上。

这里是我的家，我似乎忘了自己为什么会离开它。

当我们偏离了真实的轨道时，便很危险，因为谎言终究是谎言，终有被拆穿的一天。

无论现实多么残酷，人有什么理由不好好活着？尽可能多地做一些有意义的事情。

无处不在的空虚与你形影不离，它是整个世界的一部分。

劳作使人了解世界，闲暇使人了解自身。

我们生活在别处，殊不知这里所发生的一切，也是构成这个世界至关重要的一部分。

因为决定离开，所以毁灭过去。

如同游戏一样，不要因为无休止的闲谈而耗费太多光阴。

这是绝望的一天，然而绝望仅仅是一天而不是一年，对明天应充满希望。

每个人在探索他人世界的同时，也在不断认识更新着自己。

没有不可能与什么都不可能是两个完全不同的世界。

也许他就这么平平凡凡地过了，也许他能创造出更伟大的成就，也许，也许，一切都是也许。

为什么出来流浪？在旅途中不断体验自我放逐的感觉，是为了寻找自己生命的归宿。每一个人在本质上都是孤独的，没有家的人，有心的地方就有家。

那些孤独的旅者并不是没有家，他们早已在心中构筑起一个属于自己灵魂的家。